Vita di Dante

Giovanni Boccaccio

단테의 인생

조반니 보카치오 지음
허성심 옮김

인간희극

단테의 인생

초 판 인 쇄   2017년 10월 10일
1 쇄 발 행   2017년 10월 16일

지 은 이   조반니 보카치오
옮 긴 이   허성심
펴 낸 이   이송준
펴 낸 곳   인간희극
등   록   2005년 1월 11일 제319-2005-2호
주   소   서울특별시 금천구 서부샛길 528, 608호
전   화   02-599-0229
팩   스   0505-599-0230
이 메 일   humancomedy@paran.com

ISBN 978-89-93784-54-1   03880

차례

내 이름은 보카치오.

야설 작가라고 해도 좋아,

그런데 내가 야하게 쓰려고 심혈을 기울인

데카메론이 후세에는 소설의 모범으로 읽힌다지?

인생이란 참 알 수 없어,

이런 속된 나에게도 순수함을 향한 열정이

있었다는 걸 알아주기 바라.

단테!

이 양반에 대한 나의 열정은 거의 신앙이었어.

어렸을 적부터 시작된 이 양반에 대한

흠모는 나이가 들어서도 사그라들지 않았어.

인생을 정리해야 할 황혼기를

나는 온통 이 양반의 작품을 연구하고

생애를 기록하는 데 써버렸다니까.

바로 이 책이 내 덕질의 결과물이야.

그렇다고 단테를 무조건 칭찬만 한 건 아니야.

그 양반의 모난 성격, 끔찍했던 결혼생활,

허황된 욕망도 모두 가감 없이 이 책에 담았어.

그리고 단테의 외모, 패션 감각,

그리고 그의 어머니가 꾸었던 태몽까지 썼더니

조금은 유별난 책이 되고 말았어.

그런데 이 또한 후세에는 전기의 모범이 되었다네?

나 원 참...

아무튼 그 누구라도 나처럼 평생을 흠모할 수 있는

대상이 있었으면 해.

그런 대상은 다른 무엇보다 삶의 나침반이 되어주거든.

그러니 나의 신앙, 단테에게 바치는 시로

이 책을 시작하려고 해.

단테가 말한다

내 이름은 단테요, 내 머리는

예술성과 지성으로 가득 차있다

이로 인해 타고난 문장력은

대자연이 기적이라고 부르는 경지에 이르렀다.

내 깊은 상상력의 세계에서

나는 행복한 사자(死者)들의 세상과

불행한 사자들의 세상을 두루 여행하여

현실적으로 영적으로 훌륭한 가치를 지닌 시를 완성했다.

저명한 도시 피렌체가 내 어머니다.

아니, 적자(嫡子)에게 못되게 구는 의붓어머니다.

그녀의 사악한 입은 명예를 말할 줄 모른다.

라벤나는 망명 생활에 지친 나를 받아주었다.

내 육신은 라벤나에 묻혔지만, 내 영혼은

시기와 질투가 없는 하느님 아버지의 품에 안겼다.

—조반니 보카치오

1. 시작하며

가슴에 신의 지혜를 담고 있어 '인간 신전(神殿)'
이라 불리는 솔론은 신성한 법전을 제정하여 오늘
날에도 고대 국가의 정의가 무엇인지 여실히 보여
주고 있다. 그는 현자다운 지혜를 발휘하여 국가를
두 발로 서거나 걷는 인간에 자주 비유했다. 즉, 국
가의 오른발은 어떤 죄든 반드시 처벌해야 함을 뜻
하고, 왼발은 모든 선행을 보상해야 함을 뜻한다
는 것이다. 이 두 가지 중에서 고의든 실수든 어느
한 쪽이라도 무시되거나, 제대로 지켜지지 않는다
면 국가는 절름발이가 될 수밖에 없다. 더 나아가
양쪽 발이 모두 제 기능을 하지 못하는 최악의 경
우에 국가는 서있을 수도 없는 상황에 놓인다.

역사적으로 잘 알려진 고대 국가들은 솔론의 명
언에 감동하여 다양한 방법으로 훌륭한 인물들의

■ Solon(B.C. 640~B.C. 560) 고대 아테네의 정치가이자 시인.
　그리스 7현인(七賢人) 중의 한 명으로 꼽힌다.

명예를 기리었다. 공적이 크고 작음에 따라 신격화하거나, 대리석상을 세우거나, 품격 있는 장례식을 치러주거나, 개선문을 세우거나, 월계관을 수여했다. 반대로 죄를 지은 사람에게는 합당한 처벌을 내렸다. 그러나 여기서 처벌의 방법들에 대해서는 일일이 나열하지 않겠다.

선행에는 영예를 수여하고 악행에는 처벌을 내리는 제도를 통해 아시리아부터 마케도니아, 그리스, 로마 공화정에 이르는 고대 국가들은 지대한 발전을 일궈내어 그 업적이 반대편 세상까지 미치고 명성은 하늘을 찔렀다. 그러나 오늘날 후손들은 선조 국가들의 뜻을 이어받지 못하고 있다. 특히 나의 조국 피렌체는 훌륭한 본보기를 따르기는커녕 정도에서 멀리 벗어나 잘못된 길을 걷고 있다. 그 결과, 선한 행위가 받아야 할 보상을 야욕꾼들이 모두 가로채고 있는 형국이다. 누구든 이성의 눈으로 바라본다면 사악한 사람이 높은 지위에 올라 최고의 보상을 누리고, 선량한 사람은 낮은 지위로 강등되어 멸시와 추방을 겪는 안타까운 현실을 확인하게 될 것이다. 민중들은 죄가 없어도 운명의 여신이 일으키는 거센 풍랑에 휩쓸려 이런 부조리한 상황에 처할 수 있으므로 국가라는 거대한 배의 키를 잡고 있는 사람이라면 이런 세태 속에서도 신이 추구하는 정의가 무엇인지 숙고할 필요가 있다. 선행을 했는데도 보상받지 못하고 악행을 저지르고도 관대한 처벌로 끝난 사례는 도처에 널려 있지만, 피렌체 시민들이 어떤 잘못을 저질렀는지 밝히고 내가 주장하고자 하는 핵심을 보이기에는 하나의 사례로 충분할 것이다. 이것은 많은 사례들 중 하나에 불과할지 모르지만 결코 사소하지 않은 이야기이다. 바로 유서 깊은 집안에 태어난 훌륭한 혈통의 단테 알리기에리가 겪은 추방과 망명 생활에 대한 것이다. 단테가 지닌 가치와 지식, 그가 이룬 업적을 고려한다면 마땅히 합당한 상이 보장되어야 한다. 우리는 단테가 걸어 온 길을 살핌으로써 그가 어떤 대우를 받아야 옳은지 입증할 것이다. 만일 정의가 실현되는 국가에서 그 많은 업적을 이루었다면 단테는 틀림없이 훌륭한 보상을 받았을 것이다.

아! 단테는 누명을 쓰고 영구 추방과 재산 몰수

라는 부당한 선고를 받았으니, 이 얼마나 끔찍하고 악랄한 짓인가! 그야말로 처참한 선례로 남을 일이고, 명백한 파멸의 징조다! 단테가 설령 다시 명예를 되찾는다 해도 억울한 단죄의 얼룩은 영영 지워지지 않을 것이다. 곳곳에 유랑 생활의 흔적이 생생히 남아있고, 유골이 피렌체가 아닌 타지에 묻혀 있으며, 자손들이 다른 집안에 뿔뿔이 흩어져 있다는 것이 그 증거다. 만물을 꿰뚫어 보는 신의 눈을 피해 피렌체가 부조리를 모두 감추었다 한들 단테에 대한 처우 하나만 보더라도 신의 분노를 사기에 충분하지 않았을까? 더 말해 무엇 하리! 단테와는 반대로 피렌체에서 찬양을 받은 인물들에 대해서는 침묵하는 편이 낫다고 생각하여 따로 언급하지 않겠다.

이제 여러 사실들을 잘 살펴본다면 오늘날의 세상은 앞서 간략히 언급한 고대 국가들이 걸었던 길을 벗어나 완전히 다른 방향으로 가고 있음을 알게 될 것이다. 피렌체나 피렌체와 비슷한 과정을 겪은 국가가 솔론의 주장과 달리 오늘날 쓰러지지 않고 스스로 서있다면 분명 그 이유는 우리가 종종 목격하듯이 오래 사용하다보면 사물의 성질이 바뀌기 때문이거나, 신이 인간이 이룬 공적을 인정해서 우리는 상상도 할 수 없는 특별한 기적을 통해 우리 인간을 존속시키기 때문일 것이다. 아니면 신이 인내심을 가지고 인간이 스스로 회개하기를 기다려주었기 때문일 것이다. 그러나 시간이 지나도 인간이 회개하지 않는다면 신의 분노는 서서히 앙심으로 변하고 결국 인간에게 벌을 내리게 될 것은 불을 보듯 뻔하다. 고통스러운 처벌은 서두를 필요가 없으므로 시간을 두고 서서히 내려질 것이다.

설사 처벌받지 않는다 하더라도 악행은 멀리 해야 하고 선행을 통해 교정할 수 있도록 노력해야 한다. 뛰어난 공적과 고귀함을 지닌 단테는 피렌체에 특별한 존재이고 나는 그에 훨씬 못 미치지만, 나 역시 피렌체라는 공동체 안에 있다. 그러므로 다른 피렌체 시민들과 마찬가지로 나는 단테의 명예를 회복시켜야 하는 의무가 있다고 생각한다. 물론 이렇게 위대한 의무를 수행하기에 내 능력이 부족할지도 모른다. 그러나 부족한 능력이나마 최대한 발휘해 피렌체가 마땅히 단테에게 수여해야 했지만 그러지 못한 것을 찾아주기 위해 노력할 것이다. 지금은 사라진 관습이고 현존한다 하더라도 한 개인이 감당할 수도 없는 조각상을 세우거나 화려한 장례식을 치르는 방법을 통해서가 아니라, 내가 할 수 있는 일인 글을 쓰는 행위를 통해서 위대한 이 의무를 겸허히 실행에 옮기려고 한다. 피렌체와 피렌체 시민들은 자신들이 배출한 위대한 시인에게 감사할 줄 모른다는 말이 이방인의 입에서 나오지 않도록 나는 기꺼이 이 글을 세상에 내놓을 것이다. 단테가 여러 작품에서 사용한 피렌체 방언과 지금의 피렌체 방언이 크게 달라지지 않았으므로 나는 지금의 피렌체 방언을 그대로 사용하여 내 재능에 맞게 담백하고 현대적인 문체로 기술할 것이다. 단테가 평소에 밝히지 않았던 그의 출생, 인생, 학문, 습관이 이 책에서 다뤄질 것이다. 그뿐만 아니라 후세대에게 널리 알려져 있는 그의 주요 작품에 대해서도 간략히 소개할 것이다. 단테의 작품은 너무 유명하기 때문에 그를 조명하기 위해 쓴 글이 내 의지나 의도와 다르게 오히려 독자들의 이해를 방해하지나 않을까 걱정이 된다. 글에 오류

가 있다면 해당 내용에 정통한 누구라도 지적해주
길 바란다. 그러나 그런 일이 일어나질 않기를 신
께 겸허히 기도한다. 신은 하늘의 계단까지 단테를
인도했고, 단테가 신을 볼 수 있도록 허락하셨다.
그 고결한 계단으로 단테를 이끌어주신 신께 내게
도 도움을 주시고 나의 지성과 부족한 필력을 이끌
어 주시길 기도한다.

2. 탄생과 교육

고대 역사를 보더라도 그렇고 오늘날 지배적인
시각으로도 그렇고, 피렌체의 뿌리는 이탈리아의
다른 주요 도시와 마찬가지로 고대 로마 제국이다.
도시가 건립된 이래 피렌체는 점점 성장하여 인구
가 늘고 훌륭한 시민들로 넘쳐났으며, 주변 도시들
사이에서 평범한 도시가 아닌 힘의 중심지로 떠올
랐다. 그러나 멸망의 먹구름이 서서히 드리워지고
있었다. 불운이나 신의 저주 탓인지, 시민들이 도
시를 버리고 떠났기 때문인지, 근본적인 이유는 확
실히 밝혀지지 않았다. 분명한 것은 도시가 건립된
지 몇 세기가 채 지나지 않아 잔인한 훈족의 왕 아
틸라가 이탈리아 전역을 황폐화시키면서 피렌체도
그 여파를 피하지 못했다. 고귀한 혈통의 시민 대
다수가 목숨을 잃거나 다른 지역으로 망명했으며

도시는 잿더미로 변했다. 3백여 년을 폐허로 남아
있었던 피렌체는 로마 황제의 권력이 그리스 반도
에서 갈리아로 옮겨지면서 전환점을 맞이했다. 프
랑크 왕들 가운데 가장 인품이 훌륭했던 카롤루스
대제가 로마 황제의 자리에 올랐다. 그는 여러 차
례 진통을 겪은 후에 교황의 요청으로 피렌체를 재
건하기로 결정했다. 성곽의 내부로 도시의 범위를
제한해서 크기는 작았지만 다른 곳으로 망명한 옛
피렌체 시민의 후손들에게서 유물을 수집하고, 로
마의 모습을 본떠 최대한 옛 모습을 복원했다. 재
건된 도시에는 과거 처음으로 이곳에 도시를 세웠
던 사람들의 후손을 정착시켰다.

　새롭게 다시 태어난 도시에 거주하게 된 사람들
중에는 로마 명문가 프랜지파니 가문 출신의 청년
도 있었다. 엘리시어라 불린 청년은 재건 작업을
감독하고 주택과 거리를 정비하거나 도시에 필요한
법을 제정하기 위해 파견되었던 것 같다. 임무를
마친 엘리시어는 피렌체에 정착하기로 결심했다.
뒤늦게 도시에 대한 애정이 생겼거나, 앞으로 천국
처럼 살기 좋은 곳으로 발전할 것이라고 기대했을

것이다. 어쩌면 우리가 모르는 다른 이유가 있었는지도 모른다. 엘리시어는 피렌체에 뼈를 묻으면서 많은 훌륭한 후손을 남겼다. 그의 후손들은 조상대대로 사용하던 성(姓)을 버리고 피렌체에 새로이 뿌리를 내린 엘리시어의 이름을 성으로 선택했다. 아버지는 아들을 낳고 그 아들은 또 아버지가 되어 아들을 낳으며 세월이 흘러 엘리시어 가문에 훌륭한 기사가 태어났다. 바로 용맹과 지혜가 두루 뛰어났던 카치아구이다(단테의 고조부)였다. 집안 어른들은 그의 배필로 페라라 시(市) 알디기에리(Aldighieri) 가문의 여인을 데려왔다. 귀족 가문 혈통이면서 뛰어난 미모와 품성으로 평판이 자자한 여인은 카치아구이다와의 사이에 자녀를 여럿 두었다. 그녀는 아이들의 이름을 지을 때 크게 관여하지 않았지만 대부분의 어머니가 그렇듯 한 아이에게만이라도 자신이 조상에게 받은 이름을 물려주고 싶었다. 어머니의 성을 물려받은 아들은 나중에 철자 중 'd'가 빠져 알리기에리(Alighieri)라 불렸고, 자라서 훌륭한 인물이 되었다. 후손들은 그의 위대함을 기리고자 스스로 엘리시어를 버리고 알리기에리를 성으로 받아들였으며 오늘날도 여전히 그 성이 쓰이고 있다. 알리기에리 가문은 자자손손 이어졌고, 프리드리히 2세가 통치하던 시대에는 자신의 공적보다 아들 덕분에 가문을 널리 알릴 운명을 지닌 후손이 태어났다. 그 후손의 아내는 출산을 앞두고 뱃속 아이의 미래를 예언하는 꿈을 꿨다. 그때는 꿈을 꾼 당사자는 물론이고 아무도 그 꿈이 무엇을 의미하는지 몰랐다. 지금은 그야말로 그 의미를 모르는 사람이 없지만 말이다.

꿈속에서 이 고귀한 여인은 푸른 초원에 높이 서 있는 월계수 아래에 앉아 있었다. 나무 옆에는 맑은 샘이 솟고 있었다. 여인은 그곳에서 아들을 낳는다. 잠시 후 아들은 월계수에서 떨어진 열매를 먹고 맑은 샘물을 마시더니 목자(牧子)로 변한다. 목자는 온 힘을 다해 월계수 잎을 붙잡으려 애쓰지만 넘어지고, 다시 일어서자 더는 사람이 아니라 공작새의 모습을 하고 있다. 너무 놀란 나머지 그녀는 꿈에서 깨어났다. 곧이어 진통이 시작되고 사내아이가 태어났다. 부모는 아이에게 단테라고 이름을 지어주었다. 단테가 우리에게 남긴 작품과 의

■ Dante는 이탈리아어로 '선물을 주는 사람'이라는 뜻으로도 해석됨.

미를 생각하면 참 잘 어울리는 이름이다. 이름의
주인은 신이 특별한 은총으로 우리 시대에 보내준
철학자요, 추방된 뮤즈가 이탈리아로 되돌아올 수
있도록 길을 열어줄 운명의 시인이었다. 단테는 일
상에서 사용하는 고유어에 운율을 붙여 언어적 아
름다움을 완성하고 피렌체 방언의 영광을 구현했
으며, 영원히 잠들 뻔했던 시 문학을 깨웠다. 이런
사실을 자세히 들여다보면 왜 단테라는 이름을 가
질 수밖에 없었는지 이해할 수 있다.

  이탈리아 민족의 자랑인 단테는 프리드리히 2세
가 사망하고 황제의 자리가 비어있던 시기에 태어
났다. 교황 우르바노 4세가 성 베드로 대성당의 주
교좌에 앉아 있었고, 만물의 주 그리스도의 성체
성혈의 기적이 일어난 1265년이었다. 당시 세상
분위기를 보면 행운의 여신이 알리기에리 가문에
'미소를 보낸다'고 말할 만하다. 단테는 어려서부
터 장차 어른이 되면 타고난 지성으로 인해 큰 인
물이 될 조짐을 보였다. 아주 어린 시절은 생략하
고 그의 유년기부터 이야기해보도록 하겠다. 단테
는 일찍 문학적인 소양을 쌓았고, 요즘 상류층 자

제들과는 달리 어머니의 무릎에 누워 응석을 부리거나 게으름을 피우지 않았다. 어린 시절부터 줄곧 이어진 인문학에 대한 집중적인 학습은 그에게 감탄스러울 만큼 많은 지식과 교양을 선사했다.

나이가 들면서 단테의 지성과 감성이 나란히 성장했다. 단테는 요즘 세대처럼 경제적인 목적이 아니라 영원한 명성을 추구하고자 공부했다. 경제적 부를 축적하는 것은 덧없다고 생각하고 경멸했으며, 위대한 시인들의 시집을 탐독하고 시를 비평적으로 분석하는 것이야말로 영원한 명성에 이르는 길이라 생각했다. 단테는 시 공부에 전념했고, 특히 베르길리우스, 호라티우스, 오비디우스, 스타티우스 등 저명한 고대 로마 시인의 시를 거의 완벽하게 이해했다. 위대한 시를 읽고 공부하는 기쁨도 컸지만, 그것에 만족하지 않고 고대 시인들을 모방하여 고결한 시를 쓰려고 애썼다. 나중에 논하게될 작품 속에서 그런 노력의 흔적을 찾을 수 있다. 위대한 시인들의 시는 어리석은 대중이 생각하는 것처럼 무의미하지도 않고, 단순한 우화나 업적을 가리키는 것도 아니다. 그 속에는 역사적·철학적 진리라는 달콤한 열매가 숨겨져 있다. 고대 시인의 생각을 제대로 파악하고 그 열매를 얻으려면 역사, 도덕, 자연철학에 대한 지식을 쌓아야 한다. 이것을 일찍 깨달은 단테는 시간을 현명하게 안배해서 때로는 독학으로 역사를 공부하고, 때로는 여러 스승에게 철학을 배웠다. 배움의 과정은 오랜 시간 쓰라린 고통이 따랐지만, 그 대가로 하늘의 진리를 깨달을 수 있는 달콤한 열매를 받았다. 단테는 진리를 깨닫는 삶보다 중요한 것은 없다고 생각했고, 땅의 근심은 모두 제쳐두고 하늘의 진리를 추구하는 데 더욱 전념했다. 철두철미한 성격인지라 혹시라도 철학적 의미를 빠뜨리는 부분이 생기지 않도록 아주 심오한 깊이까지 신학을 탐구했다. 그런 노력의 결과로 의도한 목적을 거의 이루었다. 단테는 공부에 매진할 때면 더위나 추위도 아랑곳하지 않았고, 철야기도나 금식 기간은 물론이고 몸이 불편할 때도 쉬지 않았다. 끊임없는 배움을 통해, 신의 본질과 천사에 관해서 인간의 지성으로 이해할 수 있는 최대한의 지식을 습득했다. 기나긴 인생의 여러 시기에 다양한 스승 밑에서 다양한 학문을 배우고 스스로 깨우치면서 얻은 지식이었다.

앞에서 언급했듯이 단테는 자신의 문학을 이루는 밑거름을 고향 피렌체에서 발견했고, 더 풍부한 글감은 볼로냐에서 얻었다. 노년기에 접어들어 파리로 건너갔을 때는 많은 논쟁을 펼치며 천재성의 극치를 보여 주었다. 단테가 논쟁하는 것을 구경한 사람들은 지금도 놀라움을 감추지 못하고 그 이야기를 전한다. 끊임없는 배움과 높은 지성으로 단테는 고귀한 칭호를 여러 개 얻었다. 사람들은 그를 '시인'이라 부르기도 하고 '철학자'라고 부르기도 했으며 '신학자'라 부르기도 했다. 강력한 적일수록 물리쳤을 때 승리의 영광은 더욱 커지는 법이다. 나는 거센 파도와 폭풍이 휘몰아치는 바다에서 표류하던 단테가 마침내 파도와 역풍을 이겨내고 안전하게 항구에 도달하여 그런 고귀한 칭호를 얻었다는 사실을 입증하려 한다.

3. 베아트리체, 그리고 결혼

　학문을 하려면 혼자만의 시간이 필요하고, 근심이 없이 마음이 평온해야 한다. 사색이 필요한 학문은 모두 그렇지만 특히 단테가 매진했던 학문은 더 말할 것도 없다. 그러나 고요와 평온은 고사하고 죽음에 이르는 순간까지 단테는 참을 수 없는 사랑의 열병으로 고통스러웠고, 아내에게 시달렸고, 사적인 약속과 공적인 책임으로 어깨가 무거웠고, 고향에서 추방되었으며, 참혹한 빈곤을 겪었다. 어쩔 수 없는 상황에서 생긴 자질구레한 걱정거리는 생략하더라도, 단테가 짊어져야 했던 무거운 짐들을 하나씩 소개하고 그 무게를 명백히 살펴보는 것이 옳을 것이다.

　하늘의 향내가 대지를 가득 메우고 초록 잎사귀 사이로 형형색색의 꽃이 피어나 천지가 미소 짓는

계절이 되면, 피렌체 곳곳에서는 같은 구역의 친구들끼리 모여 연회를 즐기는 풍습이 있었다. 당시 시민들 사이에서 존경을 받고 있던 은행가 폴코 포르티나리도 오월의 첫날에 이웃들을 초대해 연회를 열었다. 당시의 남자아이들은 대부분 아버지를 따라 외출하는 것을 좋아했고, 특히 연회가 열리는 곳은 빠지지 않는 경우가 많았다. 아홉 번째 생일을 며칠 앞둔 단테도 다른 아이들처럼 아버지를 따라 연회에 참석했다. 단테는 남녀 구분 없이 또래들과 한데 어울려 어린아이의 특권인 양 음식이 차려질 때까지 정신없이 놀았다. 여덟 살 쯤 되어 보이는 폴코 포르티나리의 어린 딸 비체(베아트리체의 애칭. 그러나 단테는 그녀를 애칭으로 부르지 않고 항상 본명인 베아트리체로 불렀다)도 그곳에 있었다. 베아트리체는 어린 아이답지 않게 아름답고 상냥하며 매력이 넘쳤다. 또래의 소녀에서 볼 수 없는 사려 깊음과 겸손함이 목소리와 자태에 배어나왔다. 뚜렷한 이목구비는 조화를 이루고 얼굴에는 우아함이 흘렀다. 이런 베아트리체를 두고 사람들은 어린 천사 같다고 했다. 이렇게 아름답게 묘사되는,

어쩌면 묘사되는 것보다 훨씬 아름다웠을지 모르
는 베아트리체가 단테의 눈앞에 모습을 드러냈다.
그날 처음 만난 것은 아니었지만, 그 순간 단테는
베아트리체가 강력한 자석으로 자신을 끌어당기는
것만 같았다. 이런 느낌은 처음이었다. 베아트리체
의 아름다운 이미지는 어린 단테의 가슴에 아로새
겨졌고 그날 싹튼 사랑과 함께 평생 가슴에서 지워
지지 않았다. 단테의 눈에 비친 베아트리체의 이미
지가 어땠는지는 아무도 정확히 묘사할 수 없을 것
이다. 연회장에서 젊은 청춘들은 이런 저런 이유로
사랑에 빠지기 일쑤였다. 성격이나 취미가 비슷해
서, 하늘이 정해준 운명이어서, 달콤한 음악에 젖
거나, 맛있는 요리와 포도주에 취해서 마음을 빼앗
겼으리라. 단테는 어린 나이에도 불구하고 그날 열
렬한 사랑의 노예가 되었다. 해를 더할수록 가슴
속 사랑의 불꽃은 더욱 활활 타올랐고, 베아트리
체만이 기쁨과 평온의 원천이었다. 베아트리체의
얼굴에서만 모든 행복과 완벽한 위로를 얻을 수 있
는 것처럼 그녀를 볼 수 있는 곳이면 모든 일을 제
쳐두고 달려갔다.

■ La vita nuova. 숭고한 사랑으로 얻어진 새로운 생명에 대해 노래한 시. 단테의 초기 대표작이다.

아, 사랑에 눈과 귀가 멀어버린 연인이여! 그토록 사랑을 갈구하면서도 타오르는 연정을 억누를 수 있는 사람이 또 있을까? 『신생』에서 단테는 자신이 어떤 생각을 품고 있었는지, 무엇 때문에 탄식하고 울었는지, 인생의 후반에는 무엇 때문에 고통스러웠는지 은연중에 내비치고 있다. 여기에서는 한 가지만 언급하고 더는 상세히 다루지 않겠다. 단테가 스스로 글로 밝히기도 했고 그의 사랑을 알고 있던 주변 사람들이 전하는 말에 따르면, 베아트리체를 향한 마음은 아주 고결하고 정신적인 사랑이었기 때문에 두 사람에게서 육체적인 사랑을 갈망하는 표정이나 말이나 암시 따위는 전혀 찾아볼 수 없었다. 오늘날처럼 도덕적 가치가 빛이 바랜 시대에 이렇게 고결한 사랑은 참으로 경이로울 따름이다. 사랑인지 마음을 확인하기도 전에 육체적 욕구를 먼저 충족시키는 것이 예삿일이 되어버린 요즘에 그들과 같은 사랑은 정말 보기 드물며, 혹시라도 그런 사랑이 있다면 기적과 같은 것이다. 그렇게 대단하고 식을 줄 모르는 사랑이었지만, 그것으로 말미암아 식음을 전폐하고, 잠도 못

자고, 불안한 나날을 보냈다면 단테의 학문과 천재성을 방해하는 불온한 힘이 잠재한다고 해야 하지 않을까! 물론 사랑이 단테의 천재성을 깨우는 자극이 되었다고 말하는 사람도 있다. 이들은 단테가 사랑하는 여인을 찬양하고 사랑에 빠진 자신의 모습과 열정을 표현하기 위해 피렌체 방언에 아름다운 운율의 옷을 입혔다고 주장한다. 이들 의견에 동의하려면 화려한 담론이 모든 지식 분야에서 가장 중요한 부분을 차지한다는 것을 먼저 사실로 인정해야 하지만, 이것은 사실이 아니다. 적어도 부정적인 영향이 미친다는 것만은 분명하다.

우리 모두 잘 알고 있듯이, 이 세상에 존재하는 것은 모두 변한다. 그 중에서 가장 쉽게 변하는 것이 인간의 삶이다. 작고 소소한 수많은 사고나 위험은 차치하더라도 체온이 약간만 떨어지거나 오르기만 해도 우리는 생사의 갈림길에 서게 된다. 젊은 사람이든, 상류 계층이나 부유층이든, 세상 사람이 우러러 보는 고위 관직자이든 누구라도 결코 예외가 될 수 없다. 단테는 이 중요한 세상 이치를 주위 사람들의 죽음을 보면서 배웠다. 아름다운 베아트리체는 스물네 번째 생일을 며칠 앞두고 전능하신 신의 뜻에 따라 고통스러운 현세를 떠나 그녀의 가치에 어울리는 천국으로 갔다. 그녀의 죽음으로 단테는 견디기 힘든 비애와 고통에 빠졌다. 밤낮을 가리지 않고 울부짖고, 한숨을 토하고, 눈물을 쏟았다. 흐르는 눈물은 마를 새가 없었고, 그렇게 울고도 마르지 않는 두 눈은 참으로 경이롭고 깊은 샘 같았다. 가족과 친구들은 어떤 위로의 말을 건네도 소용이 없자 단테가 머지않아 죽을지도 모른다고 생각했다. 그러나 휘몰아치던 폭풍우도 시간이 지나면 가라앉고, 생동하던 것도 모두 때가 되면 사그라지거나 소멸되듯이, 시간이 지나자 단테가 눈물 흘리는 날이 줄어들고, 한숨도 잦아들기 시작했다. 이제 단테는 울음을 멈추고 베아트리체가 죽었다는 사실을 받아들일 수 있게 되었다. 슬픔이 물러가고 이성이 되돌아오자 눈물로도, 한숨으로도, 그 어떤 것으로도 죽은 베아트리체를 되살릴 수 없다는 것을 인정할 수 있었다. 단테는 그녀를 잃은 상실감을 견디기 위해 스스로를 다독였다. 눈에서 눈물이 멈추었고 거의 잦아들던

한숨도 사라졌다.

　슬퍼서 눈물 흘리고, 고통스러워 가슴을 쥐어뜯으며 자신을 학대하던 단테의 모습은 야수와 다를 바 없었다. 몸이 비쩍 마르고 수염은 덥수룩해 예전 모습이 온데간데 없었다. 눈물로 나날을 보내는 동안 단테는 친구 외에는 사람을 거의 만나지 않았다. 어쩌다 그의 모습을 본 사람들은 모두 안쓰러워했다. 사람들이 안타까워하고 최악의 상황까지 걱정하는 것을 보면서 가족들도 단테를 돌보는 데 더욱 신경을 썼다. 아직 슬픔이 남아있기는 해도 얼굴을 적시던 눈물과 가슴을 후벼 파던 깊은 한숨이 멈추자, 가족들은 단테에게 위로의 말을 다시 건네기 시작했다. 어떤 위로의 말에도 귀를 닫았던 단테가 귀를 열기 시작하더니 마음도 조금씩 열었다. 단테가 달라지자 가족들은 이참에 단테를 슬픔에서 구원하고 다시 기쁨을 느낄 수 있도록 도와줄 방안을 논의했다. 그들은 단테가 아내를 맞이하면 어떨까 생각했다. 세상을 먼저 떠난 연인이 비통의 원인이었다면 새로 맞이할 아내는 기쁨의 원천이 될지도 모를 일이다. 아주 설득력 있는 방안이라고 생각한 집안 어른들은 그들의 의사를 단테에게 전달했다. 무슨 말이 오갔는지 자세히 알 수는 없지만, 쉴 새 없이 한참 이야기를 주고받은 끝에 단테를 설득하는 데 성공했다. 단테는 집안 어른들이 그에게 어울린다고 골라준 여자와 결혼했다.

어쩌면 그렇게 많은 사람들이 한꺼번에 눈이 멀고 판단력이 흐려진 채 공허한 논리를 펼칠 수 있단 말인가! 타당한 논리조차도 기대했던 것과 다른 결과를 낳는 경우가 허다한데 말이다. 도대체 누가 열이 펄펄 끓는 사람을 요양시킨다고 공기가 상쾌한 이탈리아에서 리비아의 뜨거운 모래사막으로 보내겠는가? 어느 누가 온기가 필요한 사람을 따뜻한 키프로스 섬에서 로도피 산맥의 영원히 빛이 들지 않는 차가운 음지로 데리고 가겠는가? 어떤 의사가 급성 열 감기 환자의 열을 내리려고 뜨거운 불을 지피고, 뼛속까지 느껴지는 한기를 달래려고 얼음찜질을 하겠는가? 결혼이 사랑의 상처를 감싸줄 것이라는 어설픈 논리로, 그 누구도 단테에게 결혼을 권하지 말았어야 했다. 혹시 그렇게 생각하는 사람들이 있다면, 그들은 사랑의 본질을 전혀 깨닫지 못하는 것이다. 오랜 사랑이 가슴 속 깊은 곳에 뿌리를 단단히 내리면, 사랑을 거스르는 도움이나 조언은 아무 소용도 없게 된다. 그런 조언은 처음에는 도움이 되기도 하지만 시간이 흐르고 너무 강하게 마음을 막으면 오히려 독이 되기 쉽다. 지금은 사랑의 시련이니 극복이니 하는 문제를 더 논의하는 것을 접어두고 우리의 주인공 이야기로 돌아가자.

골치 아픈 생각 하나를 덜기 위해 수천 배 더 심각하고, 더 골치 아픈 다른 것을 제시한다면 어떻게 될까? 분명 의도했던 결과를 얻지 못할 뿐 아니라 상황은 더욱 나빠져 처음으로 되돌리고 싶은 마음이 간절해질 것이다. 이것이 곤경에서 벗어나기 위해 자의든 타의든 앞뒤 안 가리고 결혼을 했을 때 흔히 일어나는 부작용이다. 더 이상 되돌아갈 수도, 생각을 바꿀 수도 없는 막다른 골목에 이르러서야 한 가지 복잡한 문제에서 도망치면 수천 개의 다른 문제에 빠지게 된다는 진리를 깨닫는다. 베아트리체 때문에 흘리는 눈물을 그치게 하려고 가족과 친구들은 결혼이라는 틀에 단테를 밀어 넣었다. 슬픔의 눈물이 그치더라도, 아니 이미 그쳤다하더라도 과연 가슴에 품었던 사랑의 열정이 결혼으로 인해 사그라질 수 있었을까? 분명 그러지 않았으리라. 설령 사랑의 불꽃이 사그라진다 하더라도 더 크고 새로운 문제가 그를 덮쳤을 것이다.

평소 밤마다 독서에 열중하던 단테는 원할 때마다 책을 통해 세상의 모든 고귀한 군주나 황제와 대화를 나누고, 많은 철학자와 논쟁을 벌였으며, 위대한 시인의 시에서 기쁨을 얻거나 그들이 노래하는 슬픔으로 자신의 슬픔을 달래었다. 그러나 이제는 아내가 허락할 때만 가능한 일이 되어버렸다. 이러한 고귀한 교우의 시간을 포기하고 아내가 부르면 가서 여자들 특유의 이야기를 들어주어야 했다. 더 귀찮은 상황으로 악화되는 것을 막으려면 원치 않더라도 아내의 말에 동조하거나 그녀를 칭찬해주어야 했다. 여러 사람이 모여 있는 자리가 지루하고 피곤하면 단테는 조용한 곳으로 물러나 어떤 영혼이 하늘을 감동시키는지, 지상의 생명체는 모두 어디에서 왔는지, 우주 만물의 근원은

무엇인지 사색하거나, 공상을 즐기거나, 그의 이름
이 길이길이 남을 시를 쓰기도 했었다. 그러나 더
는 그런 시간을 갖지 못했다. 아내의 기분을 맞추
느라 즐거운 사색의 기회는 모두 빼앗겼고, 사색과
거리가 먼 사람들과 어울려야 했다. 때로는 달콤한
열정에 들뜨고, 때로는 쓰라린 격정에 몸부림치며,
마음껏 웃고 울고 노래하고 탄식했었지만, 이제는
그럴 엄두도 내지 못하거니와 중요한 문제뿐만 아
니라 아주 작은 한숨까지도 시시콜콜 아내에게 설
명해야 했다. 아내가 그렇게까지 한 까닭은 남편이
다른 사람에 대한 사랑으로 환희를 느끼면서도 정
작 아내인 자신에 대한 증오로 슬퍼한다고 믿어서
이다.

그렇게 의심이 많은 아내와 평생을 함께 살며 이
야기를 나누고, 같이 나이를 먹고, 서로 죽음을 지
켜보아야 한다니 얼마나 고달픈 일인가! 그뿐만 아
니라 결혼으로 말미암아 남자들은 익숙하지 않은
무거운 부담을 감수해야 한다. 우선 여자들이 온
전한 삶을 위한 필수품이라고 생각하는 의복과 장
신구, 사치품을 방 안 가득 제공해야 하고, 남녀

하인과 유모와 시녀까지 갖추고 있어야 한다. 그 다음에는 연회를 열어 신부의 친척들에게 선물을 주고 처갓집을 사랑한다는 믿음을 아내에게 심어 줘야 한다. 자유로운 삶을 누리던 남자들은 결혼으로 말미암아 새롭게 짊어진 짐을 떠안고 갈 수밖에 없다. 피할 수 없어 어쩔 수 없이 하게 된 결혼은 결국 어떻게 되겠는가? 사람들은 대체로 남의 아내의 미모를 두고 이러쿵 저러쿵 말이 많다. 그 여자가 아름답다고 소문이 나기라도 하면 사방에서 흠모하는 남자들이 몰려들어 외모와 지위를 내세우거나 달콤한 말과 선물 공세를 펼친다. 그 중에는 신사다운 태도로 호소하며 여자의 여린 마음을 공략하는 남자도 있을 것이다. 많은 사람이 갈망하는 것을 혼자 독차지하기는 어려운 법이다. 정절이 꺾인다면 여자는 다시는 벗을 수 없는 수치의 굴레를 쓰게 되고, 그 여자의 남편은 불행의 멍에를 짊어지게 될 것이다. 반대로 아내가 못생겼다면 어떻게 될까? 상황은 다르지만 불행한 것은 매한가지다. 아내가 아무리 아름답더라도 시간이 지나면 남편의 애정은 지나칠 정도로 빨리 식어버리기 쉬운데, 하물며 못생긴 아내를 둔 남편은 오죽할까? 아내만 싫어지는 것이 아니라 아내와 가까운 사람도 싫어지고, 그들과 우연히 부딪칠 수 있는 곳도 꺼릴 것이다. 이러니 여자들이 화가 나는 것이다. 어떤 야수도 성난 여자만큼 사납지는 않을 것이다. 만일 여자가 자신이 부당한 대우를 받는다고 느낀다면 평생을 함께 살아야 할 남자는 결코 안정된 삶을 살 수 없을 것이다. 안타까운 현실이지만 대부분의 아내는 남편에게서 제대로 된 대접을 받지 못한다고 느낀다.

여자들의 삶의 방식을 어떻게 평가해야 할까? 여자들이 얼마나 자주 남편의 평온을 깨는지, 얼마나 심하게 안식을 헤치는지 보려면 글이 너무 장황해질 것이다. 그래서 대부분의 여자에게 공통으로 나타나는 특성 하나만 간단히 언급하겠다. 신분이 미천한 하인일지라도 충직하면 주인이 집안에 머물고, 그러지 못하면 주인을 바깥으로 내몰게 된다. 집안에서 쫓겨나지 않는다는 것만 다르지 여자들은 자신들도 하인과 같은 운명이라고 생각한다. 남편에게 다정하면서도 충실하게 대하면 남편을 가정적인 사람으로 만들 수 있다는 말이다. 누구나 잘 아는 이 말을 자세히 하는 이유가 무엇일까? 매력적인 여성에게 말을 걸었다가 괜히 기분을 건드리는 것보다 차라리 아무 말도 하지 않는 편이 낫지 않을까! 값을 치르고 어떤 것을 얻으려면 항상 사전에 이것저것 알아봐야 한다. 이것을 모르는 사람은 없을 것이다. 그러나 아내는 예외다. 여자를 집으로 데리고 와봐야 아내로서 만족스러운지 알 수 있다. 아내를 맞이한 남자들은 모든 것을 얻은 것이 아니라 운명의 여신이 허락한 것만을 소유한 것이다. 밖에서 벽을 뚫고 그 안을 들여다볼 수 없는데도 사람들은 결혼을 환희의 공간이라 여긴다. 경험한 남자들은 잘 알겠지만, 자기 의지가 아니라 운명에 의해 아내가 결정된다면 그 환희의 공간에 어떤 슬픔이 숨어 있을지 상상하고도 남을 것이다. 이것이 단테의 운명이라고 단정하지 않겠다. 운명인지 아닌지 나도 모른다. 어쨌든 슬픔을 달래기 위해 맞이한 아내지만 단테는 그녀와 한번 헤어지게 되자 다시는 찾지 않았다. 아내와의 사이에 자녀를 여럿 두긴 했지만, 단테는 이런 저런 이

유로 아내가 있는 곳으로 돌아가지 않았고, 자신이
머무는 곳에 아내를 데려오지도 않았다. 이런 이야
기를 한다고 내 결론을 오해하지 않길 바란다. 결
혼을 하지 말아야 한다는 말이 아니다. 결혼은 권
장할 만하다. 단지 모든 사람이 결혼할 필요는 없
다는 것이다. 결혼은 부자나 어리석은 사람, 귀족
이나 소작농이 하고, 철학자는 철학이라는 최고의
배우자에게서 기쁨을 얻게 두어도 좋으리라.

4. 가정사, 정치적 명예, 그리고 망명

어떤 일이 일어나면 그로 인해 또 다른 일이 생기는 것이 세상사 돌아가는 이치다. 집안 문제에 시달리던 단테는 관심을 정치로 돌렸다. 전적으로 정치에만 매달린 것은 아니지만 공직의 공허한 명예는 사슬처럼 그를 옭아맸다. 그 사슬에 너무 단단하게 옭아 매여 단테는 자신이 어디에서 출발해서 어디로 향하고 있는지조차 알지 못했다. 처음에 운명의 여신은 단테의 편이었다. 사절을 보내거나 맞이하는 일, 법을 통과시키거나 폐지하는 일, 평화 조약과 전쟁에 관한 모든 일은 단테에 의해 좌우되었다. 대중의 믿음과 모든 희망이 단테에게 있는 것처럼 보였고, 신과 인간에 관한 모든 것이 단테로부터 나오는 것 같았다.

그러나 운명의 여신은 짓궂게도 인간이 세운 계

■ 피렌체는 교황파인 겔프와 황제파인 기벨린으로 분열되어 있었고, 교황파인 겔프는 다시 흑당(黑黨)과 백당(白黨)으로 대립하고 있었다. 단테는 흑당에 의해 추방당했고, 나중에는 기벨린파가 된다.

획을 뒤엎거나 인간이 확신하는 방향과 반대 방향으로 움직인다. 정계에 입문하고 처음 몇 년 동안 단테는 행운의 여신이 내어준 마차에 앉아 최고의 권력과 영예를 누렸지만, 정작 행운의 여신을 믿고 의존해야 하는 시기에 이르자 시작과는 전혀 다른 종말을 맞이하게 되었다. 당시 피렌체는 두 개의 정당으로 나뉘어 분열이 심했다. 양쪽 지도자 모두 날카로운 지성을 지니고 있었고, 두 당 모두 막강한 힘을 자랑했다. 두 정당은 시기를 달리하며 피렌체 공화국을 통치했다. 한번 지배권이 넘어가면 되찾아오기가 쉽지 않아서 집권당은 언제나 반대당의 바람보다 더 오래 권력을 유지하는 것처럼 느껴졌다. 단테는 분열된 조국을 하나로 통일하고 싶었다. 현명한 시민들에게 분열은 위대한 것도 삽시간에 잿더미로 만들고, 단합은 미미한 것도 위대한 것으로 성장시킬 수 있음을 보여주고 싶었다.

　단테는 자신의 재능과 학식을 모두 쏟았지만 헛수고였다. 아무리 설득해도 대중들은 생각을 바꾸려 하지 않았다. 실망한 단테는 모든 것이 신의 뜻이라고 생각해 처음에는 공직을 버리고 은둔 생활을 하려고 했다. 그 순간 달콤한 명예와 공허한 인기가 그를 붙잡았고, 원로들의 말에 설득되었다. 공직에서 물러나 조용히 살면서 아무 것도 하지 않는 것보다 기회가 된다면 국가를 위해 열심히 일하는 것이 피렌체에 훨씬 큰 도움이 될 수 있다고 생각하게 되어버린 것이다. 아, 세속적인 영광을 향한 어리석은 욕망이여! 우리는 욕망을 경험해보지 않고서는 그 힘이 얼마나 무시무시한지 깨닫지 못한다. 단테는 철학의 성스러운 둥지에서 자양분을 얻고 교육을 받으며 자랐고, 누구보다 성숙하며, 오로지 최고선(最高善)만을 추구하던 사람이었다. 단테는 세속적 욕망으로 말미암아 고금의 수많은 왕들이 몰락하고, 왕국과 도시가 폐허로 바뀌고, 운명의 여신이 내뿜는 사나운 바람에 모든 것이 휩쓸리는 것을 목격했지만, 정작 세속적 욕망이 던지는 주술로부터 자신을 지켜낼 지혜와 힘이 없었다.

욕망에 굴복한 단테는 공직에 머물면서 덧없는 명예와 무의미한 화려함을 추구했다. 기존의 정당들의 부조리를 격파하고 조국의 단합을 회복시켜줄 제3의 당을 만들고 싶었지만 혼자서는 새로운 당을 창당할 수 없었다. 현실을 직시한 단테는 두 정당 가운데 분별력과 정의감이 더 뛰어난 쪽을 선택했다. 그곳에서 피렌체 공화국과 시민들의 이익을 위해 끊임없이 노력하고자 했다. 그러나 인간의 계획은 하늘의 힘에 의해 번번이 무산된다. 별다른 이유가 없는데도 양당 사이에 증오와 적대감은 날이 갈수록 심해졌다. 당파 분쟁을 끝내려고 서로 포화와 검을 사용하기도 했으니, 일반시민들이 보기에는 도저히 이해할 수 없는 상황이었다. 정치인들은 분노에 눈이 멀어 자기 목을 조르며, 그러다 자신도 비참하게 사라질 수 있음을 깨닫지 못했다. 서로에게 해를 입히며 여러 차례 번갈아 자신들의 세력을 입증한 두 정당은 운명의 여신이 만든 무서운 계획이 베일을 벗는 순간을 맞이했다. 단테가 지지하는 정당보다 반대편 정당이 더 막강한 병력과 기막히게 뛰어난 전략을 가지고 있다는 소문이 돌았다. 소문이란 진실과 거짓을 나란히 담고 있기 마련인데도 단테의 정당 지도자들은 지레 겁을 먹고 지각력과 통찰력을 상실하고 말았다. 그들은 안전한 곳을 찾아 도망가기에 급급했고, 자신의 안위를 지키는 것 이외에는 어떤 것도 하려고 하지 않았다. 순식간에 단테도 피렌체 정부의 최고 자리에서 밑바닥으로 추락했고, 도시 밖으로 추방되었다. 며칠 지나지 않아 군중들은 추방자의 집집마다 쳐들어가 미친 듯이 집기를 부수고 뒤집어엎었다. 승리자들은 원하는 대로 도시를 재조직했다. 패배한 당지도자들과 당내 최고위직에 있었던 단테는 피렌체 공화국의 주요 적으로 낙인찍히는 치욕을 감수해야 했다. 모두 추방형에 처해졌고, 재산은 몰수되어 국고로 환원되거나 승리자들의 주머니로 들어갔다.

이것이 조국에 사랑을 바친 보답이란 말인가! 국가의 분열을 막기 위해 피땀을 흘려 받는 보상이란 말인가! 만사 제치고 피렌체의 이익, 평화, 평온을 위해 애쓴 대가가 바로 이것이란 말인가! 피렌체 시민들의 호의가 얼마나 위선적이고, 그들의 신의가 얼마나 가벼운 것이었는지 낱낱이 드러났다. 며칠 전만 하더라도 하나같이 단테를 신뢰하고 사랑하며 자신들의 안식처라 칭송하지 않았던가. 그들은 돌연 안면을 바꾸고 아무 죄도 잘못도 없는 단테에

게 번복할 수 없는 영구추방령을 내렸다. 이 모든
것을 보고도 피렌체 공화국이 절름발이가 아니라
고 말할 수 있겠는가? 아, 인간의 헛된 믿음이여!
어떤 훌륭한 예를 들어야 헛된 믿음을 경계하고 멀
리 할 수 있을까! 카밀루스, 투틸리우스, 코리올라
누스, 대 스키피오와 소 스키피오 같은 훌륭한 선
조들이 겪은 일은 너무 먼 과거에 일어난 까닭에
잊어버렸다 하더라도 비교적 최근에 일어난 일은
가슴에 새겨 잊지 말아야 할 것이다. 시민들의 지
지를 잃은 단테의 경우를 보더라도 헛된 믿음으로
얻은 기쁨은 무작정 추구할 것이 아니라 절제해야
한다. 대중의 지지만큼 변덕스러운 것도 없다. 사
람들에게 믿음을 독려하는 것만큼 터무니없는 희
망이나 비상식적인 조언도 없다. 그러므로 우리 인
간의 마음이 천국에 닿아 그곳의 영원한 법칙, 무
한한 영광, 진실한 아름다움 안에서, 우주만물을
운행하는 신을 인지할 수 있기를 기도한다. 일시적
이고 덧없는 세상사에 눈과 귀를 닫는다면 더 이상
기만당하지 않을 것이며, 불변의 목적지인 신에게
서 우리의 희망을 찾을 것이다.

5. 추방과 유랑생활

선조들이 재건하여 조국으로 물려준 도시 피렌체에 아내와 어린 자녀들을 남겨두고 단테는 혼자 유랑 생활을 시작했다. 아이들이 어려서 온 가족이 함께 떠날 수는 없었다. 다행히 아내는 반대파 최고위원의 친척이어서 마음 놓을 수 있었지만 단테는 안위가 불확실한 처지였다. 성난 민중들이 들이닥쳤을 때 단테의 아내는 지참금 명목으로 재산을 조금 지킬 수 있었고, 거기에서 나오는 수입으로 말 그대로 식구들 입에 풀칠은 할 수 있었다. 토스카나 지방을 떠돌며 곤궁한 생활을 하던 단테는 생계를 위해 서툴지만 노동이라도 할 수밖에 없었다. 유랑 생활을 곧 끝내고 고향으로 돌아갈 수 있다는 희망이 있었지만, 죽음보다 쓰라린 숨길 수 없는 분노를 어떻게 달랬을까!

피렌체에서 추방되고 처음 몇 해는 베로나에 머물렀다. 알베르토 델라 스칼라 영주의 비호 하에 베로나에서 지내며 고향으로 되돌아갈 날을 기다렸다. 그러나 희망과는 다르게 단테는 고향으로 돌아가지 못했고, 베로나를 떠난 뒤에도 몇 년 동안 타 도시를 전전했다. 카센티노의 살바티코 백작을 찾아가 신세를 지기도 하고, 루니지아나의 모르엘로 말라스피나 후작의 저택에 머물기도 했다. 우르비노의 델라 파지우올라 가의 도움을 받을 때도 있었다. 모두 여건이 허락하는 한 최고의 예우를 제공했다. 루니지아나를 떠나서는 볼로냐에 잠시 머물었다가 파두아를 거쳐 다시 베로나로 돌아왔다. 피렌체로 돌아가는 길은 사방으로 막히고, 시간이 흐를수록 희망은 현실과 멀어지는 것 같았다. 단테는 토스카나 지방을 떠나 아예 이탈리아를 벗어나기로 했다. 그는 이탈리아와 갈리아 지방을 가르는 험준한 알프스 산맥을 넘어 파리로 갔다.

파리에서는 주로 철학과 신학 공부에 매진하며 그동안 역경을 겪으며 잊어버린 지식을 회복하기 위해 다른 분야도 공부했다. 학문에 정진하며 시간을 보내던 중에 뜻밖의 일이 일어났다. 룩셈부르크 대공국의 하인리히 백작이 교황 클레멘트 4세의 명령과 후원으로 로마의 왕으로 추대되었고, 곧이어 황제의 자리에 올랐다. 피렌체를 위시해 이탈리아 여러 도시들이 새로운 황제를 반대하자 황제는 그들을 예속시키기 위해 독일에서 출정하여 이탈리아로 왔다. 하인리히 황제의 군대가 브레시아를 완전히 포위했다는 소식을 전해들은 단테는 정세를 고려했을 때 황제가 승리하리라 예상하고, 황제의 권력과 정의로움에 힘입어 피렌체로 돌아갈 수 있기를 기대했다.

단테는 다시 알프스 산맥을 넘어 이탈리아로 돌아가서 피렌체 반대 세력에 합류했다. 그들은 황제에게 브레시아 포위를 해제하고 핵심 적국인 피렌체를 공격하라고 설득하기 위해 사절단을 보냈다. 황제에게 보낸 편지에서 피렌체를 정복하면 어렵지 않게 짧은 기간에 이탈리아 전체를 차지하고 패권을 장악할 수 있다고 설득했다. 그렇게 황제의 군대는 피렌체까지 진군하는 데 성공했지만 의도했던 결과는 얻지 못했다. 피렌체의 저항이 예상보

다 훨씬 격렬하고 대규모로 일어났기 때문에 황제
는 아무 것도 얻지 못하고 큰 실망감을 안은 채 로
마로 돌아가 버렸다. 하인리히 황제는 다양한 분야
에서 많은 업적을 이루고 이탈리아에 질서를 가져
왔지만, 계획했던 것을 다 이루지 못하고 갑작스런
죽음을 맞이했다. 황제에게 많은 것을 기대했던 사
람들은 크게 낙담했고, 특히 단테는 피렌체로 돌아
가려는 노력을 완전히 포기하고 아펜니노 산맥을 넘
어 로마냐 지방으로 떠났다. 그곳에는 단테를 모든
곤경과 고통에서 구원해줄 최후의 나날들이 기다리
고 있었다.

　유서 깊은 로마냐의 도시 라벤나는 고귀한 기사
귀도 노벨로 다 폴렌타가 영주로 있었다. 인문 교
육을 받은 폴렌타는 훌륭한 인물을 존경할 줄 알
았고, 누구도 범접할 수 없는 깊은 지식을 갖춘 인
물에게 높은 경의를 표했다. 폴렌타는 실의에 빠
진 단테가 뜻밖에도 로마냐 지방에 들어왔다는 소
식을 듣고 직접 영접하고 싶었다. 오래 전부터 단테
의 명성을 익히 들어 알고 있던 터였다. 도움을 간
청해야 할 쪽은 단테였지만 폴렌타가 먼저 손을 내

밀었다. 폴렌타는 함께 지낼 수 있는 영광을 바란다는 뜻을 전하면서 단테를 집으로 초대했다. 속이 깊은 영주는 존귀한 인물들이 남에게 부탁할 때 얼마나 큰 수치심을 느끼는지 잘 알고 있었다. 요청하는 자와 요청을 수락하는 자 사이에 서로 원하는 것이 맞아떨어졌던 것이다. 폴렌타의 너그러움에 깊은 감명을 받기도 하고, 선택의 여지가 없는 처지이기도 해서 단테는 초청을 받아들였다. 영주는 시인을 극진하게 대접하고 필요한 것을 아낌없이 지원했다. 폴렌타의 따뜻한 후원으로 꺼져가던 희망의 불씨가 다시 살아났다. 단테는 폴렌타의 저택을 안식처로 삼고 생의 마지막까지 그곳에서 지냈다.

사랑에 대한 욕망과 비애, 가정 문제와 헛된 명예욕, 비참한 망명 생활과 빈곤이 단테를 괴롭혔지만, 가장 중요하고 신성한 일인 공부를 방해하지는 못했다. 나중에 단테의 작품을 별도로 살펴보면 알겠지만, 격정의 소용돌이 속에서도 단테는 시 읽기과 철학 공부를 중단하지 않았다. 위에 나열된 모든 장벽에 부딪히고도 지성과 인내의 힘으로 오늘날 우리가 알고 있는 위대한 단테가 되었다. 만약 다른 사람들처럼 운명의 도움을 받았거나 적어도 장벽에 부딪히지 않았더라면 어떤 인물이 되었을까? 아무도 장담할 수 없다. 하지만 내 대답을 원한다면, 단테는 지상에 사는 신과 같은 존재가 되었으리라 답할 것이다.

6. 죽음과 장례

 피렌체로 귀환하려는 꿈과 희망이 모두 좌절되고 나서 단테는 그 염원은 가슴에 묻은 채, 자비로운 폴렌타 공의 보호를 받으며 라벤나에서 여러 해를 지냈다. 그곳에서 시와 일상 고유어에 대해 가르치며 많은 제자를 길러냈다. 호머 덕분에 그리스인이 그리스어를 높이 평가하고, 베르길리우스 덕분에 고대 로마인이 로마어의 가치를 알아보았듯이, 단테는 처음으로 이탈리아 고유어를 높이 평가하고 찬양한 사람이다. 이탈리아 고유어의 역사가 오래 되지 않았지만, 단테는 세심하게 음절수와 각운을 맞추며 아무리 무거운 주제라도 대담하게 이탈리아어로 표현했다. 단테 이전의 이탈리아 시인들은 고유어로 가벼운 연애시만 썼었다. 단테의 작품들은 어떤 고결한 주제도 이탈리아어로 표현할

수 있음을 보여주었고, 이탈리아어를 더욱 아름답
게 만들었다.

　누구에게나 자신에게 허락된 시간이 끝나는 날
이 온다. 56세가 되던 해에 단테는 병에 걸려 위독
해졌다. 그는 기독교 전통에 따라 예배당에서 제공
하는 모든 영성체를 겸허히 마음을 다해 받았으며,
나약한 인간으로서 신의 뜻을 저버리고 저지른 모
든 일을 뉘우치고 신과 화해했다. 서기 1321년 9
월 성십자가 현양 축일에 단테는 귀도 노벨로 다 폴
렌타와 라벤나의 모든 시민들의 애도를 받으며 지
친 영혼을 창조주에게 맡겼다. 분명 성스러운 베아
트리체의 품으로 들어가서 지상의 모든 고통을 뒤
로 하고, 최고선인 신 앞에서 영원한 천상의 행복
을 누리며 살고 있을 것이다.

　폴렌타는 단테에 대한 예로서 헌정시를 수놓은
상여 위에 그의 시신을 올려놓고 라벤나의 저명한
시민들로 하여금 프란치스코 수도원까지 상여를
메고 가게 했다. 가는 길마다 시민들의 애도 소리
가 끊이질 않았다. 시신을 석관에 눕힌 다음 폴렌
타는 지역 관습에 따라 고인이 머물렀던 집으로 돌

아와 그의 높은 학식과 미덕을 찬양하고, 슬픔 속에 남겨진 친구들을 위로하는 감동적인 장문의 애도사를 낭독했다. 폴렌타는 자신의 수명과 권력이 다하기 전에 이 위대한 시인을 영원히 기리기 위한 훌륭한 무덤을 만들어야겠다고 생각했다. 다른 기념비나 훈장이 없더라도 무덤으로나마 후세에 영원히 기억되길 바라는 마음에서였다.

폴렌타의 감동적인 계획은 로마냐 각지의 저명한 시인들에게 전해졌다. 많은 시인들이 자신의 문학적 능력을 선보일 겸 죽은 시인에게 베푸는 선의의 증인이 되고자, 후세대에게 무덤의 주인에 대해 전할 시를 써서 바쳤다. 여러 훌륭한 시인에게서 단테의 묘비에 새길 시를 받았지만 폴렌타는 불행히도 권력을 잃고 얼마 지나지 않아 볼로냐에서 죽음을 맞이했다. 이유가 죽음이든 권력의 상실이든 단테를 위해 훌륭한 묘를 만들고 묘비에 찬미시를 새기려던 계획은 물거품처럼 사라졌다. 시간이 한참 흐른 오늘, 그 시들은 내 손에 들려 있다. 무덤이 그 주인의 기억을 품고 있듯이, 나는 이 책이 단테를 영원히 기억하게 하리라 믿는다. 그러므로 묘비에 새겨지지 못했던 시를 여기에 실으려 한다. 여러 편의 찬미시 가운데 한 편을 엄선해서 묘비에 새겨졌을 터, 이 책에도 한 편만 싣겠다. 모든 시를 읽어보니 단테와 절친한 친구이자 볼로냐의 위대한 시인 조반니 델 비르질리오의 14행시가 형식과 내용 모두 가장 훌륭했다. 여기 그 시를 소개한다.

신학에 정통하고 철학에서 지혜를 얻었으며
뮤즈의 기쁨이자 민중의 행복이던
단테가 이곳에 잠들다.
그의 고귀한 명성은 천지에 퍼지리라.
일상의 언어와 천상의 언어
쌍둥이 같은 두 개의 검을 지니고 죽은 몸을 뉘었으니
아트로포스가 생명의 실을 끊는 순간까지
초원은 그의 소박한 귀리가 내는 소리로 가득했다.
은혜를 모르는 피렌체는 가혹하게
아들을 추방하고 영원히 받아주지 않았다.
친절을 베푸는 라벤나가 행복하게
그를 받아들여 고귀하고 따뜻한 품에 품었다.
1321년, 영광스러운 고향의 별로
단테가 다시 태어나다.

7. 피렌체에게
고함

배은망덕한 피렌체는 도대체 어떤 광기에 홀렸기에 가장 사랑스러운 시민이요, 그들 유일의 위대한 시인이요, 많은 것을 베푼 은인인 단테를 잔인하게 내쫓는 방종을 저질렀을까? 추방한 후에는 또 무엇에 홀려서 단테가 귀향할 수 없게 막았던 것일까? 순간 제정신이 아니어서 그랬다고 변명할는지도 모른다. 그렇다면 노여움이 가라앉고 정신을 온전히 회복한 후에는 왜 과거를 뉘우치고 단테를 불러들이지 않았을까? 피렌체여, 그대가 낳은 또 다른 아들인 내가 내리는 심판을 피하지 마라! 내가 분노에 차서 하는 말은 단죄를 바라서가 아니라 잘못을 바로잡길 바라는 마음에서이다. 이웃 도시에는 감히 대적할 만한 인물도 없는 피렌체의 자랑을 그대가 임의대로 추방할 권리가 있다고 생각하는

가? 그대에게 자랑이 될 만한 다른 어떤 것이 있는
가? 승전, 성공, 우월함, 훌륭한 시민, 이런 것들
이 그대의 자랑이 될 수 있다고 생각한단 말인가?
물질적 풍요는 불안하여 확신할 수 없고, 아름다
움은 빈약하고 시들어가고 있으며, 높은 생활수준
을 자랑하지만 폐단으로 언제 무너질지 모른다. 그
러나 실체보다 겉모습에 더 기대는 민중들의 미숙
한 판단으로 이런 것이 피렌체를 대표하는 것이 되
어버렸다. 넘쳐나는 예술가와 부를 축적한 상인들
이 있어서 행복하다고 말할 수 있는가? 그렇게 생
각한다면 그대는 어리석기 짝이 없다. 피렌체의 상
인들은 끝없이 탐욕을 부리며 비굴하게 장사를 한
다. 예술성은 한때 천재들이 지닌 제2의 천성이라
불릴 만큼 품격 있는 기예로 승격되었지만, 지금은
탐욕으로 더럽혀져 가치 없는 것으로 변질되었다.
훌륭한 선조들을 많이 두었다는 이유로 최고 권력
을 탐하며 약탈과 배신, 기만을 예사로 저지르는
사람들과 그들의 비겁과 태만을 그냥 지켜보고 기
뻐할 수 있을까? 그대의 영광은 물거품처럼 사라지
고, 신념과 분별력이 있는 사람들로부터 조롱과 심

판을 받을 것이다.

　가여운 나의 조국이여! 무슨 일을 저질렀는지 회한에 찬 눈으로 보라. 지혜로운 도시라는 명성에도 불구하고 잘못된 선택을 했음을 인정하고, 최소한 창피한 줄 아는 존재가 되어라. 스스로 현명한 판단을 내릴 능력이 없다면, 왜 훌륭한 업적으로 아직도 명성이 높은 고대 도시의 모범을 따르지 않는가? 고대에 세상의 제왕이었던 그리스의 보석 아테네는 지식, 웅변술, 전쟁에 뛰어났고, 아르고스는 여러 왕이 이룬 업적으로 아직도 사람들 입에 오르내린다. 스미르나는 니콜라스 주교로 인해 여전히 세상의 숭배를 받으며, 필로스는 노장군 네스토로 명성이 자자하다. 그리고 키미, 키오스, 콜로폰 모두 훌륭한 도시국가였다. 찬란한 영광을 누린 이들 도시국가들은 신성한 시인 호메로스를 부끄러워하지 않았다. 서로 앞 다퉈 호메로스가 자국 출신이라고 자처하면서 그로 인해 첨예하게 대립했으며, 워낙 강력하게 서로 주장을 굽히지 않았기 때문에 이 음유시인의 출생지에 관한 논쟁은 아직도 끝나지 않았다. 모두가 호메로스를 자랑스러운 자국의 시인이라고 여기고 있기 때문에 그가 어디 출신인지 아직도 확실히 말할 수 없다. 피렌체의 이웃도시 만토바의 명성은 베르길리우스가 만토바 사람이라는 사실에서 비롯되었다. 그들은 지금도 베르길리우스의 이름을 숭배한다. 모든 시민이 높이 숭배하기 때문에 공공장소뿐 아니라 사적인 공간에서도 베르길리우스의 초상화와 조각상을 볼수 있다. 도자기를 만드는 도공의 아들로 태어났지만 초상화로 그려지거나 조각상으로 서있는 베르길리우스는 기품이 흐른다. 술모나는 오비디우스를 자랑으로 여기며, 베노사는 호라티우스를, 아퀴노는 유베날리스를, 다른 도시들도 각자 배출한 시인을 칭송하며 위대함을 논한다. 이들 도시국가들이 자국의 시인을 높이 칭송하는 데에는 그만한 이유가 있을 것이다. 그러니 피렌체가 다른 도시의 본을 따르더라도 전혀 수치스러운 일이 아니다. 그들은 피렌체가 알 수 있었지만 실제로는 알지 못하는 무엇인가를 알고 있다. 오늘날까지도 고대에 누가 훌륭한 시를 썼고, 그 시인이 태어난 도시가 어디인지 잘 알려져 있듯이, 위대한 시인과 그를 배출한 도시의 영향력은 끊이지 않는다. 도시는 폐허로 변하고 사라지더라도 도시의 이름은 영원히 남아 온 세상으로 퍼져나가고, 낯선 사람들에게까지 전해진다.

피렌체는 맹목적인 생각에 시야가 가려 혼자서 다른 길을 가길 원했고, 원래부터 훌륭한 도시로 태어난 것처럼 단테의 탁월함 같은 것은 안중에도 없었다. 마치 카밀리, 프블리콜리, 토르쾌아티, 파브리치, 파비, 카토스, 스키피오스 가문 사람들만이 피렌체 시민이고 이들의 위대한 행적으로 명성을 얻은 것인 양, 고대의 자국민이었던 시인 클라우디아누스를 품 밖으로 몰아낸 것도 모자라 오늘날의 자국민인 단테를 외면하고 방치하고 있다. 피렌체는 실제로 단테를 멀리 도시 밖으로 추방한 것도 모자라 가능했다면 도시와 연관된 모든 것을 박탈하려고 했을 것이다. 피렌체를 대표해서 나는 깊은 수치심을 느낀다. 하지만 보라! 하찮은 욕구라 할지라도 여태껏 운명이 아니라 세상사 돌아가는 순리에 따라 모든 것이 이루어졌다. 만일 단테가 고국에 남아있었더라면 고국은 악랄하게 그를 죽음으로 몰아갔을 것이다. 실제로 그의 죽음은 인간의 형법이 아니라 신이 정한 법에 의해 일어났다. 피렌체의 아들 단테 알리기에리는 아들의 가치를 질투한 고국에 의해 부당하게 추방형을 선고받고 싸늘한 시체로 누워있다. 아, 부모가 자식을 시기하다니! 이렇게 큰 죄악을 우리는 쉽게 잊고 살아간다. 단테의 죽음으로 피렌체의 오랜 근심이 사라지고, 그동안 부당하게 행해진 박해에 마침표를 찍을 수 있게 되었다. 동시에 스스로 저지른 잘못을 바로잡을 기회마저도 사라졌다. 이제 이 도시는 영원히 결점을 지닌 채 살아야 한다. 피렌체여! 그대의 아들은 이제 죽은 자가 되어 그대에게 맞설 수 없게 되었다. 아들은 그대가 아닌 다른 하늘 아래에 잠들어 있다. 정의의 저울로 그대의 죄를 하나하나 심판하고 단죄하는 날이 오지 않고서는 결코 그를 다시 보지 못하리라.

어떤 죽음에도 증오, 노여움, 악감정을 느끼지 않는 날이 오면 그대 본연의 모습으로 돌아가라. 그날이 오면 고대 선조들의 모범을 따르지 않은 것을 부끄러워하라. 적개심이 아니라 인자함을 지닌 어머니의 모습을 보여주어라. 그대의 아들 단테가 흘린 눈물을 보상하고 어머니다운 연민을 보여 주어야 한다. 살아 있는 동안에는 거부하고 범죄자로 단정하여 추방했지만, 세상을 떠나 땅속에 묻혀 있는 지금이라도 신분을 회복시켜야 한다. 피렌체 시민으로 복권시키고 예의를 갖추어 단테를 맞이해야 한다. 조국은 비정하고 배은망덕하게 굴었을지라도 아들 단테는 항상 조국을 자랑스러워했다. 조국은 그의 시민권을 박탈했지만, 그는 작품을 통해 조국이 얻게 될 명예를 기꺼이 허락했다. 긴 망명 생활에도 단테는 항상 자신을 피렌체 사람이라고 소개했고, 또 그렇게 불리길 원했다. 다른 도시보다 항상 피렌체가 우선이었고, 언제나 조국을 사랑했다.

피렌체여, 그대는 앞으로 어떻게 할 것인가? 변함없이 부조리를 저지를 것인가? 하물며 야만족들도 기꺼이 자기 목숨을 바칠 각오로 동포의 시체를 돌려달라고 요구하는데, 피렌체의 시민들은 그들보다 인간적이지 못하단 말인가? 피렌체는 트로이를 조부모의 나라로, 로마를 부모의 나라로 삼고 세상으로부터 그 후손임을 인정받고 싶어 한다. 후손이라면 선조를 닮아야 하는 것이 아닌가? 트로이의 왕 프리아모스는 자식을 잃은 슬픔 속에서도 아들 헥토르의 시신을 요구했으며 많은 황금을 주고서 돌려받았다. 대 스키피오는 나름의 이유로 자신의 유골을 조국이 거두는 것을 원하지 않았지만, 로마인들은 리테르눔에서 그의 유해를 찾아 로마로 옮겨왔다고 전해진다. 물론 헥토르는 용맹함으로 오랫동안 트로이 백성을 지켰고, 스키피오는 로마뿐 아니라 이탈리아 전역을 해방시킨 영웅이었다. 두 영웅과 같은 공적을 세우지 않았다고 해서 단테를 무시하고 방치해도 된다는 것은 터무니없는 생각이다. 칼은 결코 펜을 이길 수 없다. 처음부터 현명한 도시의 본보기를 따르지 않았고 이후에 적절한 기회가 있었는데도 그러지 못했다면, 지금이라도 방향을 바꾸어 좋은 본을 따라야 하는 것이 아닌가. 호메로스의 출생지라고 자처하는 그리스 도시 일곱 군데 중 어디도 호메로스의 묘비나 기념비를 세우지 않은 곳이 없다. 만토바 사람들은 만토바 인근 피에톨라에 위치한 베르길리우스의 소유였던 땅과 허름한 오두막을 아직도 소중하게 여긴다. 그러니 만일 아우구스투스 황제가 베르길리우스의 유해를 브린디시에서 나폴리로 옮긴 후 다른 곳으로 절대 옮기지 말라는 명령을 내리지 않았다면, 만토바 시민들은 나폴리에 베르길리우스의 묘를 세우는 것을 절대 허용하지 않았을 것이다. 술모나는 그곳에서 배출된 시인 오비디우스가 폰투스 지방의 어느 이름 없는 무덤에 누워있다는 사실에 오랫동안 탄식했다. 파르마는 자국 출신의 카시우스의 유골을 안치하게 되자 크게 기뻐했다. 피렌체여, 그대도 단테의 수호신이 되어 애원을 해서라도 그의 유골을 찾아와야 한다. 설령 그를 되찾고 싶은 마음이 없더라도 인간애라도 보여라. 그것으로 오랫동안 받아왔던 비난의 짐을 벗을 수 있으리라. 피렌체여, 단테의 유골을 찾아오기 위해 애원하라. 장담하는데 애원하더라도 얻지 못할 것이다. 그렇더라도 스스로 친절함을 증명한 셈이 될 것이고, 타고난 잔인함에서 오는 대단한 희열을 느낄 것이다. 나는 왜 이런 독려를 계속하고 있는가? 죽은 자에게도 감정이 있다면 단테는 자신의 유골이 피렌체로 옮겨지는 것을 원할까? 아마 그러지 않을 것이다. 그는 피렌체에서 볼 수 있는 사람들보다 훨씬 훌륭한 사람들과 함께 있고, 피렌체보다 훨씬 유구한 역사를 가지고 있는 라벤나에 묻혀 있다. 비록 세월 탓에 조금은 흉한 얼굴을 하고 있지만 전성기에는 피렌체보다 풍요로웠던 도시다. 라벤나는 고귀한 사람들이 묻혀있는 하나의 거대한 묘와 같다. 발이 닿는 곳마다 존귀한 인물의 유해가 묻혀 있다. 이런 라벤나를 누가 떠나려 하겠는가? 더욱이 왕권을 두고 다투는 테베 왕 오이디푸스의 두 아들처럼 서로 반목하고 평생 분노와 부조리를 품고 살고 있는 피렌체 사람들 사이에 어느 누가 묻히고 싶어 하겠는가? 수많은 순교자의 소중한 피로 물들어있던 때도 있었지만, 라벤나는 순교자, 훌륭한 황제, 조상 대대로 업적을 세운 많은 인물들의 영원한 안식처이다. 수많은 위인들의 유골을 안치하고 있는 라벤나는 온 세상의 존경을 받지만 조국에게 버림받은 시인을 받아들이고 그의 유골을 지키는 수호자가 되었다. 신에게 받은 다른 선물과 더불어 단테의 수호자가 되는 특권을 더 없는 영광으로 여겼다. 그러나 라벤나는 단테가 인생의 말년을 보낸 곳으로 기억된다. 그 이름 옆에는 단테의 생애가 시작된 곳, 바로 피렌체의 이름이 항상 따라다닌다. 단테의 유골을 소장하고 있다고는 하나 그 기쁨은 단테의 고향이라는 이유로 피렌체에게 느끼는 부러움만 못하다. 라벤나의 입장에서는 달갑지 않은 현실이다. 그러니 피렌체여, 계속 은혜를 모르는 도시로 남아 그대가 누려야 할 영광을 라벤나가 영원히 누릴 수 있게 하라!

8. 외모, 삶의 방식, 그리고 습관

인생 말년에 단테는 다양한 학문에 매진하느라 몸이 쇠약해져 있었다. 사랑과 가정생활, 공직자로서의 근심과 비참한 망명 생활, 죽음에 대해서는 충분히 기술한 것 같으므로, 이제 신체적 특징과 패션, 눈에 띄는 습관에 대해 말하겠다. 그 다음은 풍랑 속에서도 꽃을 피운 단테의 작품에 대해 논할 것이다.

단테는 당시 기준으로 보면 보통 키였다. 성장을 멈춘 후에는 걸을 때 몸이 약간 구부정했지만 걸음걸이는 조신하고 의젓했다. 늘 유행과 나이에 맞게 옷을 멋있게 입었다. 얼굴은 길고, 매부리코에 눈은 큰 편이었다. 턱도 컸고, 아랫입술이 윗입술보다 돌출되어 있었다. 피부색은 어두웠고, 머리카락과 수염은 두껍고 곱슬곱슬한 까만색이었다. 애수에

젖은 표정은 그가 사색에 잠겨 있음을 암시했다.

하루는 베로나에서 재미있는 일이 있었다. 단테의 작품이 이미 널리 알려져 있을 때였다. 특히 『신곡』의 지옥편은 명성이 자자하여 남녀를 불문하고 많은 사람이 단테를 알아봤다. 그날 단테는 일행과 함께 여자 여럿이 앉아있는 곳을 지나게 되었다. 문 앞에 지나가는데 여자 중 한 명이 나직이 말하기 시작했다. 단테 일행의 귀에도 들렸다. "저기 저 남자는 자기가 원할 때면 지옥에 갔다 온대요. 지옥에 있는 사람들 소식도 가져오고요." 다른 여자 한 명이 순진하게 맞장구 쳤다. "정말 그런가 봐요. 저기, 지옥의 뜨거운 불과 연기로 수염이 곱슬곱슬해지고 얼굴 그을린 것 좀 보세요. 보이시죠?" 등 뒤에서 하는 말을 듣고 단테는 여자들의 순진함에서 그런 말이 나온다는 것을 알기에 흡족한 듯 가볍게 웃으면서 지나갔다.

가정이나 공적인 장소에서 하는 행동을 보면 단테는 감탄스러울 정도로 자기절제가 강하고, 질서를 중히 여기며, 모든 면에서 다른 사람보다 교양있고 예의바른 사람이었다.

음식과 술은 절제하며 일정한 간격을 두고 먹고 필요 이상으로 많이 먹지 않았다. 특별하게 좋아하는 기호식품은 따로 없었다. 미식을 예찬하기는 했지만 스스로는 주로 평범한 음식을 먹었으며, 때로는 고급 재료를 얻으려고 온갖 노력을 다 쏟고, 유별나게 정성을 들여 음식을 준비하는 사람을 매우 거세게 비난했다. 그런 사람은 살기 위해 먹는 것이 아니라, 먹기 위해 사는 것이라며 열변을 토했다.

　　학문이나 다른 문제를 붙잡고 씨름할 때면 누구보다 세심하고 섬세했다. 그런 성격 탓에 가족들은 피곤할 때가 많았고, 그에게 익숙해지고 나서야 신경 쓰지 않게 되었다.

　　말수가 아주 적어서 질문을 받지 않으면 거의 말을 하지 않았지만, 말을 할 때면 주제에 어울리는 어조로 친절하게 말했다. 필요할 때는 유창하게 수려한 언변을 발휘하기도 했다.

　　젊은 시절에는 음악과 노래 부르는 것을 무척 좋아해서 당시 최고의 가수, 연주자들을 친구로 사귀었다. 음악에 대한 애정이 시를 쓰는 데 영감을 주었는데, 시를 쓰면 음악 하는 친구들이 시에 훌륭한 멜로디를 입혀 주었다.

우리는 단테가 얼마나 열정적인 사랑의 노예였는지 이미 살펴보았다. 세상 사람들은 사랑이 그의 천재적 문학성을 자극해서 일상에서 사용하는 언어로도 아름다운 시를 쓸 수 있게 만들었다고 굳게 믿는다. 단테의 영광을 추구했고 자신의 감정을 좀 더 인상적으로 표현하고자 하는 노력을 멈추지 않았다. 그런 시에 대한 열망은 동시대 시인을 모두 능가했을 뿐만 아니라, 이탈리아어의 기틀을 다지고 아름답게 완성해서 당대는 물론이고 후대의 많은 사람들이 훌륭한 시인이 되기를 갈망하도록 영감을 주었다.

유난히 혼자 있는 시간을 좋아했던 단테는 명상이 방해받지 않도록 사람들과 거리를 두곤 했다. 사람들과 같이 있을 때에 좋은 생각이 떠오르면 누군가 질문을 하더라도 먼저 떠오른 생각을 받아들이든 버리든 처리하고 나서야 질문에 응대했다. 사람들과 식사를 하거나 여행 중이거나 무엇을 하던 중이든 이런 일은 비일비재했다.

공부를 할 때도 아주 열성적이어서 많은 시간을 학문에 쏟는 것은 물론이고, 어떤 소식에도 집중력을 잃지 않았다. 단테는 마음에 드는 것이 있으면 완전히 몰입하는 습관이 있었는데, 그런 습관과 관련해 개연성 있는 일화가 전해진다. 그가 시에나에 방문했을 때 일어난 일이다. 우연히 들른 약제상에서 전문가 사이에서도 유명하고, 전부터 읽고 싶었지만 구하지 못했던 책을 발견하게 되었다. 책을 다른 곳으로 가져 갈 수 없었기 때문에 단테는 가게 앞 벤치에 책을 펼쳐 읽기 시작했다. 얼마 지나지 않아 약제상 바로 앞에서 시에나 지역 축제의 한 행사로 청년들의 마상시합이 벌어졌다. 그런 행사가 벌어지면 으레 그렇듯, 구경꾼들은 응원의 함성을 지르고 다양한 악기로 엄청나게 시끄러운 소리를 냈다. 아름다운 여인들의 춤과 젊은이들의 시합 등 관심을 뺏길만한 많은 일이 바로 앞에서 벌어졌지만 단테는 꿈쩍도 안하고 책에서 눈을 떼지 않았다. 처음 자리를 잡았을 때만 해도 정오쯤이 었는데 책을 다 읽고 핵심내용을 이해한 뒤 자리에서 일어나보니 어두워져 있었다. 사람들은 바로 앞에서 그렇게 멋진 축제가 벌어지고 있는데 어떻게 쳐다보지 않을 수 있었냐고 물었다. 단테는 자신의 귀에는 아무 것도 들리지 않았다고 대답했다. 이로써 사람들에게는 단테에 대해 이해할 수 없는 놀라운 미스터리가 하나 더 생긴 셈이다.

단테에게는 엄청난 기억력과 통찰력이 있었다. 한번은 파리에 머물면서 신학 학교에서 열리는 자유 토론회를 주최한 적이 있었다. 여러 저명인사들이 서로 다른 논제 열네 개를 제기했다. 단테는 중간 휴식 없이 각 논제에 대해 찬성하는 주장과 반대하는 주장을 취합하고, 발언 순서와 같은 순서로 주장들을 일일이 열거하면서 상반되는 주장을 정확하게 분석하고 답변했다. 토론회를 지켜보던 사람들에게는 기적 같은 광경이었다.

단테는 높은 천재성과 예리한 문학 창작 능력도 가지고 있었다. 그가 쓴 작품은 어떤 글보다 이해하기 쉬웠다. 그는 작품을 통해 명예와 영광을 얻기를 간절히 바랐다. 간절히 바랐지만 그의 뛰어난 능력에 걸맞은 영예를 얻지는 못했다는 말이 맞을 것이다. 무슨 인생이 영광의 달콤함을 맛보지도 못하도록 이렇게 보잘 것 없단 말인가? 철학은 다른 학문보다 숭고하고 오직 소수에게만 훌륭함이 전달되기 때문에 오히려 추구하는 사람도 많고 세계적으로 뛰어난 철학자들도 많이 등장했다. 반면에 시는 철학보다 대중적이며 모든 사람들이 즐길 수 있기 때문에 시인이 되기를 추구하는 사람이 많지 않다. 이러한 점을 감안했을 때, 철학이나 다른 학문보다 시를 더 사랑한 것은 분명 명예를 얻고자하는 열망 때문이었으리라. 단테는 시를 통해 월계관을 수여받는 진귀하고 고귀한 영광을 바랐고, 그 이유로 시를 읽고 쓰는 데 열중했다. 운명의 여신이 자비를 베풀어 그가 피렌체로 귀환할 수 있도록 도왔다면 그의 열망은 이루어졌을 지도 모른다. 단테는 어릴 때 세례를 받고 이름을 얻은 피렌체 산 조반니 예배당에서 월계관을 하사받고 계관시인으로서의 또 다른 이름을 얻고 싶었다. 월계관을 받는다고 학식이 더 깊어지는 것은 아니지만 월계관은 학식을 나타내는 분명한 표식이요, 학식을 더욱 빛나게 해주는 훈장이다. 그러니 계관시인이 된다는 것은 더할 나위 없이 명예로운 일이다. 단테는 월계관을 받을 자격이 충분했다. 여러 도시에서 서로 월계관을 수여하겠다고 제안했으므로 본인이 원한다면 언제든 받을 수 있었다. 그러나 우리의 위대한 시인은 돌아갈 수 없는 피렌체로 귀향하고 싶은 마음이 간절해서였는지 다른 도시에서 제안하는 월계관은 거절했다. 그렇게 소망하던 계관시인의 명예를 얻지 못한 채 결국 단테는 세상을 떠났다.

사람들은 가끔 시란 무엇이고, 시인은 어떤 존재이고, 시어는 어디에서 생겨나며, 시인들이 왜 월계관을 쓰고 싶어 하는지 묻는다. 명확하게 설명해주는 사람은 거의 없다. 그래서 단테의 이야기는 잠시 접어두고, 문학에 관한 이런 문제를 가볍게 다루고 난 뒤에 최대한 빨리 원래 주제로 되돌아가겠다.

9. 시에 관한 소고

진리를 추구하는 것은 인간의 본성이다. 최초의 인류도 처음 몇 세기 동안은 아주 거칠고 야만적인 상태로 살았지만 학습을 하기 시작했고 학습을 통해 진리를 알아내길 원했다. 초기의 인류는 천체가 일정한 법칙에 따라 움직이고, 대지의 만물이 일정한 질서를 따르면서도 시간에 따라 다른 기능을 한다는 것을 발견했다. 그리고 이 모든 현상의 원천이자, 절대적인 힘으로 만물을 지배하며, 다른 어떤 것의 지배도 받지 않는 존재가 분명 있을 것이라고 생각했다. 인간은 그 존재를 신이라 불렀다. 끊임없는 사색을 통해 인간은 신을 섬길 뿐만 아니라 신과 관계를 쌓고, 숭배하고, 찬미해야 한다는 생각에 이르렀다. 그래서 이 거룩한 존재의 이름을 드높일 수 있는 거대하고 품격 있는 건축물을 짓기 시작했다. 건축의 형식뿐 아니라 이름도 인간이 사는 집과 구분해야 한다고 생각해서 신을 위한 건축물을 신전이라 불렀다.

세속적인 근심에 구속되지 않고, 다른 사람보다 나이와 행동이 성숙하고, 세상의 존경을 받는 사람을 성직자로 임명하여 신을 섬기는 일에 헌신하게 했다. 성스러운 소명을 받은 이들을 사제라고 불렀다. 인간은 신의 본질을 형상화하여 다양한 형태의 웅장한 동상을 세우고, 황금 용기, 대리석 탁자, 보라색 예복 등 봉헌식에 쓰는 물건을 만들었다. 위대한 힘을 지닌 절대자에게 침묵으로 경의를 표하는 데 그치지 않고 인간은 신 앞에 몸을 낮추고 고결한 기도문을 외며 자신들의 요구에 신이 자비를 베풀도록 기도해야 한다고 생각했다. 신의 숭고함은 모든 것을 능가하기 때문에 일반사람이 쓰는 평범한 일상어가 아니라 신성한 언어로 신을 찬미할 수 있어야 하고, 적대감이나 분노는 사라지고 환희가 느껴지는 기도문이 되도록 운율 규칙을 따르는 언어를 만들고 싶었다. 속세의 저속하거나 익숙한 말이 아니라 예술적이고 정교하며 특별한

말이어야 했다. 그 언어 형식을 가리켜 고대 그리스
인들은 포에테스(poetes)라 했고, 그 형식으로 만
들어진 말을 포에시스(poesis)라 했다. 또한 포에
테스를 사용하는 사람은 포에츠(poets; 시인)라고
칭했다. 이것이 시와 시인의 어원이다. 이에 대해
다른 주장을 펼치는 이도 있고 그들의 주장이 옳을
수도 있지만 나는 위 이론이 가장 마음에 든다.

초기의 인류가 생각해 낸 절대적 존재라는 관념
에 영감을 받은 후세대 인간들은 지식을 축적하고
새로운 신을 만들었다. 초기의 인류는 오직 하나의
신을 섬겼지만, 후세대는 여러 신이 존재하고 하나
의 신이 다른 신들보다 우위에 있다고 믿었다. 그
들이 말하는 신에는 태양신, 달의 신, 토성의 신
새턴, 목성의 신 주피터, 그리고 나머지 일곱 행성
의 신이 포함되었다. 신은 각각 인간에게 미치는
영향을 통해 그 존재를 입증한다고 믿었다. 천체를
대표하는 신 이외에도 물, 불, 흙과 같이 지상에
존재하더라도 인간에게 유용한 것은 모두 신적 존
재라고 생각했다. 이런 모든 신적 존재에게 인간은
경외심을 품고 시를 지어 바쳤으며, 제단을 만들어

제물을 바쳤다. 시간이 흘러 세상 곳곳에 하늘이 내린 재능에 힘입어 무지몽매한 대중 위에 군림하는 인물이 잇따라 등장했다. 아직 성문법이 형성되기 이전이었고, 어떤 사람은 남들보다 훌륭한 정의감을 가지고 태어난다고 믿던 시대였다. 이들은 자기가 가지고 있는 정의의 잣대로 어려운 분쟁을 해결했다. 세상의 이치에 먼저 눈을 뜬 이들은 생활과 관습에 질서를 부여하고, 들고 일어날지 모르는 반대세력을 물리력으로 제압했다. 스스로 왕이라 부르며, 이전에는 사용하지 않던 장신구와 노예제도로 자신의 존재를 과시하고 사람들을 복속시켰으며, 궁극적으로는 자신을 신격화하려고 했다.

신격화하려는 발상은 한번 누군가의 머리에서 나오자 큰 어려움 없이 실현되었다. 원시시대 사람들에게 왕은 인간이 아니라 신으로 보였기 때문이다. 자신의 힘에만 의존할 수 없었던 왕은 종교에 기대려는 사람들의 심리를 강화하여 종교를 이용해 백성들을 위협하고, 무력으로 제압할 수 없었던 사람들을 종교적 의식을 통해 복속시켰다. 왕은 백성의 두려움과 경외감을 더욱 부추기기 위해 용의 주도하게 아버지와 조부, 선조들까지 신격화했다. 그때 시인의 도움이 절대적으로 필요했다. 시인은 시를 통해 왕가의 명성을 널리 알리고, 군주를 만족시키고, 백성을 기쁘게 하고, 모든 인간에게 도덕적으로 옳은 행동을 하도록 설득했다. 어떤 이야기라도 노골적으로 말했다면 바라는 목적을 이루지 못했을 것이다. 예나 지금이나 배우지 못한 사람은 이해하기 어려운 '시'이지만, 이 훌륭한 매개체를 이용해 시인들은 그들이 노래하는 이야기를 믿게 만들었다. 새로운 신을 이야기하거나 신의 후손이라 자처하는 왕을 노래할 때는 초기의 인류가 유일신을 경배할 때 사용했던 문체를 빌려 썼다. 권력자의 행위를 신의 행위와 동일시하기 시작하면서, 시인들은 신의 위업을 찬양하는 것 외에도 인간의 전쟁을 노래하고 인간의 업적을 기리는 찬가를 썼다. 그때부터 찬가를 쓰는 것은 시인의 의무가 되었고 오늘날까지도 계속되고 있다. 시를 이해하지 못하는 사람들은 시가 우화를 다루는 문학 양식일 뿐만 아니라 그 이상으로 특별한 의미를 가지고 있다는 사실을 깨닫지 못한다. 그러므로 원래 계획에서 잠시 벗어나 시의 신학적 의미를 간략히 살펴보는 것이 좋을 듯하다. 그 뒤에 시인에게 월계관을 수여하는 이유를 설명하겠다.

성서를 집중해서 읽고 이성적으로 살펴보면 고대 시인들이 인간이 할 수 있는 한 최대로 성령의 발자취를 모방하려고 했음을 알 수 있다. 성령은 다양한 인간의 입을 통해 가장 고결한 비밀을 누설한다. 자신의 존재를 가린 채, 사역을 통해 저절로 드러나도록 예정된 것을 적당한 시간에 인간의 입을 통해 공개하도록 허락한다. 성서를 모방한 시 문학이 성서와 다르다는 것을 감추기 위해 시인은 허구라는 이름으로 과거, 현재, 미래의 사건과 소망을 그린다. 그러므로 성서와 시는 목적은 다르지만 같은 취급을 받는다. 대교황 그레고리 1세의 표현대로 성서와 시 모두 높은 찬양을 받아야 마땅한 것들이다. 그레고리 1세는 성서를 시에 빗대어 말한 바 있다. 시처럼 성서에는 두 가지가 들어있다. 하나는 원문으로 평범한 사람을 위로하고, 다른 하나는 원문 속에 숨어있는 신비로운 지식으로 지혜로운 사람을 감동시킨다. 겉으로는 어린 아이에게 정신적인 자양분을 제공하고, 은연중에 고귀한 사상가들의 마음을 사로잡는다. 거대한 코끼리는 쉽게 걸어서 건너지만 어린 양은 힘겹게 헤엄쳐야 하는, 잔잔히 흐르지만 수심이 깊은 강이 바로 성서이다.

이제 다음 장에서는 지금까지 말한 내용을 입증하고 시와 성서의 차이를 설명할 것이다.

10. 시와 성서

성서는 신학이기도 하고, 역사이기도 하고, 환상으로 나타나기도 하며, 애도의 형식을 띠기도 한다. 다양한 방식으로 성서는 신의 말씀을 구현하고 숭고하고 신비로운 지식을 보여주려 한다. 성서에는 예수의 삶과 죽음, 경이로운 부활과 승천, 영광스러운 모든 행동이 묘사되어 있다. 최초의 인간이 지은 죄 때문에 오래 닫혀 있었던 영광의 문이 예수의 죽음과 부활로 열리고, 예수의 가르침을 받은 인간은 예수의 영광스러운 행동 덕에 그 문으로 들어가 영광을 얻는 이야기가 모두 성서에 담겨 있다. 성서와 마찬가지로 시는 다양한 신을 등장시키거나 인간을 다른 형상으로 변하게 하거나 때로는 부드럽게 설득하고 호소함으로써 만물의 이유와 선악의 결과, 추구해야 할 것과 지양해야 할 것을 말한다. 실제로는 참된 신의 모습을 알지 못하더라도 시인은 인간이 최고선이라고 믿는 궁극의 목표를 위해 스스로 선한 행동을 하도록 이끈다. 만물의 보금자리이자 어떤 피조물보다 순수한 존재인 성령은 하나님의 말씀이 육신으로 구현된 예수를 잉태하고 출산해도 그 처녀성이 훼손되지 않음을 보이고자 푸른 덤불에 뜨겁게 타오르는 불꽃의 형상을 한 신의 모습을 모세에게 내보였다. 네부카드네자르에게는 여러 금속으로 만든 조각상이 바위 하나로 부서지고 그 바위는 산으로 변하는 꿈을 꾸게 함으로써 영원히 사라지지 않는 바위 같은 그리스도의 가르침에 모든 시대가 무릎 꿇을 것이고, 이 바위에서 태어난 기독교는 산처럼 꿈쩍하지 않는 영원불멸의 종교가 될 것임을 우리에게 알린다. 그 밖에도 '예레미야 애가'를 통해 장차 예루살렘의 멸망을 예언하고 있다.

성서처럼 시인들은 다양한 이야기를 시로 탄생시켰다. 그 중 하나가 많은 자식을 둔 새턴이 네 명만 남겨두고 자식들을 모두 삼켜버렸다는 이야기다. 여기에서 새턴은 시간이다. 시간이라는 것 안에서 모든 것이 만들어지고 그만큼 많은 것이 부패하고 사라질 수 있음을 의미한다. 새턴이 집어삼키지 않은 자녀 중 첫째는 주피터로, 세상의 기본 요소 중 불을 나타낸다. 둘째는 주피터의 아내이기도 한 주노이다. 불이 잘 붙도록 밑에서 도와주는 공기를 나타낸다. 셋째는 바다의 신 넵튠으로 물을 나타낸다. 넷째는 지옥의 신 플루토. 다른 어느 것보다 낮은 요소인 흙을 나타낸다. 시인들은 헤라클레스가 인간에서 신으로 변했고, 리카온은 인간에서 늑대로 변했다는 이야기도 만들어 우리에게 도덕적 교훈을 주려고 했다. 헤라클레스처럼 선행을 하면 인간도 신이 되어 하늘에서 살게 되고, 리카온처럼 악행을 저지르면 인간처럼 보일지라도 사실은 자신의 악한 성향에 가장 비슷한 동물로 변한다고 말한다. 리카온은 늑대처럼 탐욕스럽기 때문에 늑대로 변한 것이다. 또한 같은 목적으로 시인들은 달콤한 낙원 엘리시움의 아름다움과 고통스러운 지옥 디스의 어두움을 상상하여 노래했다. 낙원이 주는 기쁨에 이끌리고 지옥이 주는 고통을 두려워하는 인간들이 스스로 엘리시움으로 인도하는 선행을 따르고 디스로 빠지게 하는 악행을 멀리하도록 하기 위해서다. 시와 성서의 관계는 깊이 파고들어 비교할수록 더욱 재미있고 되도록 명확하게 밝히고 싶어진다. 게다가 내 주장을 펼치는 데도 큰 도움이 될 것이라 생각한다. 하지만 너무 자세히 다루다보면 분명 처음 의도와는 달리 핵심 주제에서 많이 벗어나게 되므로 이쯤에서 마무리하는 것이 좋겠다.

지금까지 내용만 본다면 성서와 시의 표현 방식이 거의 일치한다고 생각할 수 있다. 그러나 실제로는 각각 다루는 주제도 다를 뿐더러 어떤 문제에 대해서는 상반된 관점을 가지고 있다. 성서의 주제는 신성한 진실이고, 고대 시의 주제는 인간 혹은 이교도의 신이다. 성서는 진실이 아닌 것은 절대로 전제로 받아들이지 않지만, 시는 진실이 아니거나 기독교 교리에 어긋나는 것도 허용한다. 어리석은 사람은 시인들이 진실과 거리가 먼 부적절한 이야기를 꾸며낸다고 불평하면서, 우화가 아니라 다른 방식으로 대중에게 교훈을 주어야 한다고 주장한다.

이런 주장을 펼치는 사람들은 신성한 펜대로 구약성서에 기술되어 있는 다니엘, 이사야, 에스겔의 예언과 시작도 끝도 없는 존재인 신의 말씀을 읽어봐야 한다. 이해할 수 있는 사람에게는 더할 나위없는 감탄을 주는, 진실로 가득 찬 신약성서의 요한복음도 읽어보면 좋을 것이다. 많은 작품에서 드러나는 것처럼 모든 시적 우화가 진실을 담고 있거나 그럼직하다 할지라도, 시인들이 재미나 도움을 주려는 의도로 우화를 만들어냈던 것이 아니다. 우리는 이 사실만큼은 인정해야 한다. 사람들은 시적 우화 안에서 혹은 우화를 이용해서 가르침을 전달한다는 이유로 시인들을 비난한다. 너무 맹렬히 비난하다보면 결국 경솔하게도 그가 곧 길이요, 진리요, 생명이신 성령을 비난하는 오류에 빠지게 된다. 나는 이런 이치를 아는 까닭에 시인들을 향한 비난의 소리에 대해 한 마디도 말하지 않고 그냥 넘길 수도 있다. 그러나 이 문제에 대해 충분히 설명하는 것이 더 좋을 듯하다.

어렵게 얻은 것은 쉽게 얻은 것보다 더 달콤한 열매를 맺는 법이다. 명백한 진리는 우리에게 큰 기쁨을 주지만, 저절로 너무 빨리 이해되는 진리는 오히려 가슴에서 잊히기 쉽다. 힘들여 찾은 진리가 더 만족스럽고 더 오래 유지되게 하려고 시인들은 겉으로 보기에 진리와 정반대인 곳에 진리를 숨겼다. 그렇게 숨기기에 알맞은 형식 중 하나가 우화이다. 우화가 아름다운 이유는 철학적 설명이나 논리적 설득으로 움직일 수 없는 인간의 마음도 우화로는 움직일 수 있기 때문이다. 그렇다면 시인을 어떤 존재라고 정의해야 할까? 그들을 비난하는 어리석은 사람들과 마찬가지로 의미도 모르면서 떠들어대는 미치광이라고 해야 할까? 아니다. 시인은 굉장히 지적인 방법으로 열매를 보이지 않게 숨기는 지성인이며, 눈에 보이는 나무껍질과 잎은 훌륭하고 아름답게 묘사하는 달변가이다. 그러니 시인을 비난하지 말아야 하는 이유로 충분하지 않은가.

이제 시와 성서에 대해 다시 이야기해보자. 주제가 같다면 성서와 시는 같은 것이라 해도 무방할 것이다. 성서는 신이 쓴 한편의 시와 같다. 성서에서 그리스도는 그는 곧 사자요, 어린 양이요, 뱀이요, 그리고 용이요, 바위이라고 말하면서 각기 다른 방식으로 장황하게 상세히 열거한다. 이것이 시적 허구가 아니라면 무엇이겠는가? 복음서에 실린 구세주의 말씀은 이른바 우화라는 화법을 통해 평범한 의미 이상으로 특별한 가치를 담고 있다. 따라서 시는 성서와 같고, 성서는 시와 같다고 말할 수 있다. 이렇게 표현한 시와 성서의 관계를 인정할 수 없다고 해도 괜찮다. 내 말은 믿을 수 없을지언정 시인을 최초의 신학자라고 생각한 시학(詩學)의 최고 권위자 아리스토텔레스의 말은 믿을 수 있으리라. 이것으로 이 장의 주제는 충분히 다루었으니, 이제 지성인 가운데 유독 시인들에게만 월계관을 수여하는 이유를 설명하려 한다.

11. 시인과 월계관

　　그리스는 지상의 수많은 나라 중에서 철학의 의미와 신비한 철학적 지식을 최초로 밝혀낸 국가라고 일컫는다. 고대 그리스인들은 철학에서 군사 지식을 도출하고, 철학의 테두리 안에서 정치 문제와 다른 중요한 사안을 이해했으며, 그에 힘입어 어느 나라보다 명성을 널리 떨치게 되었다. 그리스가 철학에서 얻은 보물 중에는 이 책을 시작하면서 인용했던 솔론의 거룩한 명언도 포함되어 있다. 다른 국가보다 번성했던 고대 그리스는 두 발로 곧게 서서 앞으로 걸어 나가고자 악한 사람은 처벌하고 착한 사람에게는 보상을 하는 훌륭한 상벌제도를 시행했다. 고통 속에 꽃을 피운 시인이나 전승을 거두어 국력을 확장한 황제가 온 국민의 갈채 속에 월계관을 쓰는 것은 훌륭한 일에 대한 보상 가운데

으뜸이었다. 그리스인들은 뛰어난 재능으로 신성한 주제를 다루는 사람에게나 인간의 소유물을 지키고 늘리는 사람에게나 동등한 영광이 돌아가야 한다고 생각했다. 월계관을 수여하는 관례는 그리스에서 처음 생겼지만, 로마가 높은 명성과 군사력을 얻으면서 로마의 이름으로 세상에 알려졌다. 시인에게 월계관을 수여하는 풍습은 드물기는 하지만 지금도 시행되고 있다. 그렇다면 왜 다른 나무가 아닌 월계수 나무의 잎을 엮어 이 영광스러운 관을 만드는 것일까? 그 이유를 살펴보면 틀림없이 흥미로울 것이다.

월계수에 얽힌 포이보스(태양의 신 아폴론의 다른 이름)와 다프네의 이야기는 제법 유명하다. 다프네에게 반한 포이보스는 구애를 하며 다프네를 쫓아가지만 그녀는 그를 거부하고 월계수로 변해버린다. 월계수로 변했지만 여전히 다프네를 사랑한 포이보스는 사랑의 표시로 월계수 잎으로 리라와 개선장군의 이마를 장식하게 했다. 그 자신이 최초의 시인이면서 시인들의 수호신이므로 시를 연주하는 리라에 월계수 잎 장식을 달았고, 승리를 거둔 장

본인이기도 했기에 개선 행진이 있을 때마다 승리자의 이마에 월계관을 씌워주었다. 인간이 포이보스를 그대로 따라하면서 시인과 황제에게 월계관을 씌워주는 전통으로 발전했고, 그 전통은 오늘에 이르고 있다. 신화를 바탕으로 한 이 이론이 마음에 들지 않은 것도 아니고, 불가능하다고 생각하지도 않지만 내 호기심을 끄는 것은 따로 있다. 식물의 장점과 성질을 연구하는 학자들은 월계수에 유독 두드러지고 훌륭한 성질 세 가지가 있다고 주장한다. 첫째, 누구나 아는 사실이지만 월계수는 낙엽이 지지 않으며 초록빛을 잃는 법이 없다. 둘째, 이 나무는 벼락을 맞지 않는데, 다른 나무에서는 유례를 찾아볼 수 없는 현상이다. 셋째, 이것 역시 잘 알려진 성질인데, 월계수 잎은 매우 향기롭다. 월계관을 씌우는 전통을 처음 사용한 고대인들은 이 세 가지 성질이 시인이나 개선장군의 고결함과 잘 어울린다고 생각했다. 먼저, 월계수 잎이 지닌 영원불변의 초록색은 이들의 업적에 걸맞은 명성을 나타낸다. 다시 말해 월계관을 수여받거나 장차 받게 될 사람들의 작품이나 업적은 영원히 사라지지 않을 것이다. 둘째로 번개가 월계수를 덮칠 수 없는 것처럼, 시기심의 불덩이나 시간이라는 번개는 다른 것은 모두 집어삼킬지언정 월계관을 쓰고 있는 이들의 훌륭한 업적은 훼손시킬 수 없을 것이다. 마지막으로 월계수의 향기가 멀리 퍼지고 오래 유지되듯이, 세월이 흘러도 계관시인이나 개선장군의 업적은 그 훌륭함이 퇴색되지 않으며 책이나 이야기로 그들을 접하는 사람들에게 변함없는 감동을 전달할 것이다. 그러므로 월계수 잎을 엮어 만든 관은 위대한 시인과 황제들에게 어울리는 상이다. 월계수 나뭇잎으로 이마를 장식한다는 것은 그만큼 가치 있는 인물로 인정받는다는 뜻이다. 그러니 자신의 능력을 인정받는 증표로서 월계관을 간절히 바랐던 단테의 마음을 이해할 수 있으리라. 여담으로 시작한 이야기는 이쯤에서 접고 다시 단테에 대한 이야기로 돌아가겠다.

12. 성격과 결점

　앞에서 단테의 성격을 잠시 언급했지만, 그것 외에도 단테는 자존심이 강하고 오만한 성격이었다. 망명 생활을 하는 내내 단테는 고향으로 돌아가기를 무엇보다 간절히 바랐고 그러기 위한 방안을 찾는 것을 제1의 과제로 여겼다. 그런 간절함을 잘 아는 친구 한 명이 피렌체의 집권 세력과 단테의 귀향에 대해 타협하려고 애쓰고 있었다. 일정 기간 동안 감옥에서 복역하고, 출옥하고 나면 공식 축제일에 대성당에서 정식으로 용서를 빌어야 한다는 것이 귀환 조건이었다. 이 조건을 이행하면 그전에 선고받은 형벌이 모두 면제되고 단테는 자유의 몸이 되는 것이다. 그러나 단테는 이런 굴욕적인 제안은 비열하고 악한 사람이나 받아들일 만한 것이라고 생각했다. 고향으로 돌아가고 싶은 마음은 간

절했지만 그런 방법으로 귀향하느니 차라리 타향
살이를 계속하기로 했다. 신성한 철학의 둥지에서
자란 시인에게 어울리지 않는 방법이었지만 그렇게
라도 귀향하고 싶은 욕구가 단테의 마음속에서도
꿈틀거렸을 것이다. 피렌체 정부에 대한 경멸감으
로 그런 욕구를 꿋꿋이 참고 견디었으니 얼마나 장
하고 칭찬할 만한가!

　단테는 겸손한 성품의 소유자는 아니었다. 단테
를 옆에서 지켜본 사람들은 그가 언제나 자기 자
신을 가장 소중하게 여겼다고 전한다. 단테의 이런
모습을 보여주는 사례가 몇 개 있는데, 그 가운데
단테와 다른 당원들 사이에 벌어진 일화는 매우 구
체적이고 유명하다. 단테의 정당이 피렌체 정권을
장악했을 때의 일이다. 반대편 정당은 권력을 잃자
피렌체 내정을 감독하는 사람이 있어야 한다고 교
황 보니파시오 8세를 종용했고, 적임자로 프랑스
필립 왕의 형제 혹은 친척뻘 되는 샤를을 피렌체로
불러들이기로 했다. 단테를 비롯한 당 최고위원 모
두가 대처방안을 논의하고자 회의에 참석했다. 많
은 의견을 주고받은 후에, 당시 로마를 방문한 교

황에게 사절단을 보내야 한다는 데 의견을 모았다. 교황을 설득해서 샤를이 피렌체로 파견되는 것을 전면 중단시키거나, 파견된다면 집권당인 자신들과 협의를 거치도록 만들고 싶었다. 사절단 대표는 만장일치로 단테가 맡게 되었다. 대표로 선출되자 단테는 우쭐해져서 "내가 간다면 누가 여기 남고, 내가 남는다면 누가 갈 것인가?"라고 말했다. 그는 자신만이 가치를 지닌 존재이고 동료들은 스스로의 가치가 아니라 그를 통해서 사절단의 자격을 얻는다고 생각하는 듯했다. 비슷한 일화가 더 있지만 주제에서 너무 벗어나므로 더는 언급하지 않겠다.

우리의 주인공은 어떤 역경도 이겨낼 수 있는 강인함을 지닌 인물이었다. 그렇게 참을성이 많은 단테에게도 화를 주체하지 못하고 이성을 잃게 만드는 것이 있었다. 피렌체에서 추방되었지만 단테는 여전히 정당 문제에 깊이 관련되어 있었고 사람들이 알고 있는 것보다 많은 영향력을 행사했다. 단테가 열정적으로 활동하고 신념을 가지고 소속되어 있었던 정당이 어떤 단체인지 보려면 먼저 피렌체 정당들의 역사를 살펴야 한다. 개인적인 생각이지만 나는 토스카나와 롬바르디아 지방 사람들이 오래 전에 신의 노여움을 샀기 때문에 어느 도시할 것 없이 두 세력으로 분열되었다고 믿는다. 이름의 기원은 알려지지 않지만 한 쪽 세력은 겔프당이라 부르고 다른 쪽은 기벨린당이라 부른다. 두정당의 이름에는 힘과 존경의 뜻이 담겨있어서 어리석은 사람은 자신이 선택한 당을 옹호하기 위해서라면 재산이나 심지어 목숨까지 바쳤고, 그런 상황을 시련이라고 여기지도 않았다. 두 정당 중 누가 지배권을 갖느냐에 따라 이탈리아 도시들은 종종 끔찍한 억압과 질곡의 역사를 겪어야 했다. 이른바 도시들의 선봉장 격인 피렌체의 정권은 변하는 민심에 따라 겔프당이 잡을 때도 있고, 기벨린당이 잡을 때도 있었다. 겔프당을 지지하던 단테의 가문은 기벨린당에 의해 두 차례 피렌체에서 추방된 적이 있었다. 단테의 시대에 접어들어서는 지지하던 겔프당이 정권을 잡았다. 그러나 단테는 바로 그 겔프당에 의해 추방되었다. 고향에서 쫓겨나다시는 돌아갈 수 없게 되자 단테는 겔프당을 반대하면서 누구보다 열성적으로 기벨린당을 지지하는 사람이 되었다. 단테에 대한 평판과 관련해서 볼로냐에서 있었던 사건을 떠올리면 내 얼굴이 다 화끈거린다. 정치적으로 기벨린당에 불리한 말을 하는 사람이 있으면 단테는 무척 성을 내면서 상대가 누구든 상관없이, 심지어 어린 아이나 여자이더라도 말을 멈추지 않으면 돌을 던졌다고 한다. 이러한 적개심은 죽는 날까지 계속되었다. 단테와 같은 위인의 결점을 들추어 그 명성에 오점을 남기는 일은 달갑지 않지만, 이 책을 쓰는 목적에 부합하려면 어느 정도 감수해야 할 일이다. 결점이 있는데도 침묵한다면 앞서 지적한 훌륭한 장점에 대해 독자들의 신뢰를 얻을 수 없을 것이다. 그러므로 이 글을 쓰는 동안 혹시라도 천상에서 원망의 눈초리로 나를 내려다보고 있을 단테에게 양해를 구한다.

앞서 보았듯이 단테는 놀라운 재능과 배움을 향한 열정을 가지고 있었지만, 그의 마음 한가운데를 차지하고 있었던 것은 욕정이었다. 젊은 시절은 물론이고 나이가 들어서도 그랬다. 욕정은 자연스럽고 흔한 것이며, 어떻게 보면 꼭 필요한 것이기도 하다. 하지만 육욕적 타락은 현실적으로 권장

하거나 용서할 수 있는 것이 아니다. 그렇다고 나약한 인간이 심판하고 비난할 수 있는 대상도 아니다. 누가 감히 그럴 수 있겠는가? 남자란 쉽게 무너지는 신조와 추잡한 육욕을 지닌 존재가 아니던가! 남성들은 여성이 수동적이던 시대에도 여성의 영향을 많이 받았는데, 하물며 여성에게 선택권이 있다면 얼마나 크게 흔들리게 될까? 여자들은 매력적이고 아름다우며 본능적인 욕구를 가지고 있어서 남자들의 가슴에 끊임없이 뜨거운 욕망을 불러일으킨다. 이 말을 증명하기 위해 주피터가 에우로파 공주를 납치하거나 파리스 왕자가 헬레네를 트로이로 데려온 이야기, 헤라클레스가 이올레를 얻기 위해서 한 일을 굳이 들추지 않아도 될 것이다. 이 이야기들은 모두 시로 노래되기 때문에 우매한 사람들은 우화라고 경시하면서 여자가 남자에게 미치는 영향을 인정하려 들지 않을 지도 모른다. 그렇다면 아무도 부인할 수 없는 예를 들어보자. 최초의 인류 아담이 이브의 말을 듣고 신이 직접 내린 계명을 어겼을 때 세상에 이브 말고 또 누가 있었던가? 다윗은 부인을 여럿 두고도 밧세바를 만나자 신을 저버리고 왕국, 명예, 자기 자신도 모두 잊은 채 인류 최초로 간통을 범하고 살인도 저질렀다. 만일 밧세바가 약간의 입김이라도 불었다면 다윗이 무슨 짓을 저질렀을지는 상상도 하기 싫다. 예수 그리스도를 제외하고는 누구도 따라오지 못할 지혜를 지닌 솔로몬은 어떤가? 한 여성을 기쁘게 할 양으로 자신을 지혜로 이끈 예수 그리스도를 저버리고 서슴지 않고 바알신 앞에 무릎을 꿇고 그 신을 숭배하지 않았던가? 헤롯왕은 또 어땠는가? 그 밖에도 많은 남자들이 여자에 대한 욕정에 이끌려 무슨 일을 저질렀는지 보라. 이렇듯 육욕적 타락은 단테만 저지른 것이 아니라 많은 남자들이 저질렀고, 지금도 저지르고 있는 죄이다. 그러니 단테의 육욕적 타락이 용서될 수는 없을지언정 혼자 저질렀을 때보다 가벼운 죗값을 요구해도 이치에 어긋나지 않으리라.

13. 주요 작품들

　찬란한 우리의 시인 단테는 평생에 걸쳐 많은 작품을 남겼다. 그의 작품이 다른 사람의 작품으로 알려지거나, 다른 사람의 작품이 그의 저작물로 오인되는 일이 없도록 출판 순서에 따라 작품들을 정리하면 유용할 것이다. 첫 작품은 베아트리체의 죽음을 애탄해하면서 쓴 시를 엮어서 내놓은 『신생』이다. 그때 단테는 스물여섯 살이었다. 『신생』에 실린 단편시, 소네트, 서정시는 서로 다른 시기에 창작되었으나 모두 운율을 맞추어 썼고 감탄을 자아낼 정도로 아름다움을 자랑한다. 각 시의 앞장에 시를 쓴 이유를 자세히 설명하고, 뒷장에는 주해를 달았다. 더 성숙한 나이가 되었을 때 단테 자신은 『신생』을 쓴 것을 부끄러워했지만 젊은 나이에 썼다는 점을 감안하면 매우 아름답고 매력적인 작

품이다. 특히 일반 대중의 눈에는 더 없이 아름답
게 보인다.

『신생』을 편찬하고 몇 년 후 단테는 피렌체 공화
국의 최고 자리에 올랐다. 단테는 그 높은 곳에서
넓은 시야로 세상을 바라보았다. 인간의 삶은 어떤
모습이고, 평범한 사람들이 저지르는 잘못은 무엇
인지, 소수의 비범한 사람은 어떤 대우를 받아야
옳고, 부도덕한 야망을 지닌 채 시류에 편승하는
사람은 어떤 대가를 치러야 하는지 속속들이 보았
다. 그때 숭고한 생각 하나가 그의 머릿속을 떠나
지 않았다. 악한 사람에게는 극심한 고통으로 죄
를 묻고, 훌륭한 사람에게는 큰 보상으로 명예를
드높여 주면서 동시에 단테 자신에게 영원한 명성
을 안겨다 줄 수 있는 작품을 쓰는 것이었다. 단테
는 다른 학문보다 시를 중요하게 여겼기 때문에 이
모든 것을 시로 표현하는 것이 가장 훌륭한 방법이
라 생각했다. 오랫동안 고민하다가 단테는 35세에
접어들자 그때까지 품었던 생각, 즉 인간의 행적에
따라 차등을 두어 상벌을 내리는 일을 시로 옮기기
시작했다. 인간을 악한 사람, 악함을 벗어나 선을

향해 가는 사람, 선한 사람, 이렇게 세 부류로 나
눌 수 있다고 생각해서 시를 세 편으로 나누어 썼
다. 악한 사람에게 벌을 내리는 것으로 시작해서
선한 사람에게 상을 내리는 것으로 끝나는 이 대서
사시는 세 편을 통틀어 '희극'이라고 제목을 붙였
다. 세 편은 각각 곡(canto)으로 나뉘고, 곡은 원
칙적으로 스탠자(stanza)로 다시 나뉜다. 모두 일
상어로 쓰인 운문이며, 훌륭한 예술 기법을 사용
해 조화롭고 아름답게 쓰여서 지금 살펴보더라도
흠잡을 데가 없다. 작품을 이해할 수 있는 사람이
라면 작품 전체가 얼마나 정교하게 쓰였는지 알 수
있다. 위대한 작품은 읽고 이해하는 것만 하더라도
오랜 시간이 걸린다. 하물며 그런 작품을 만들어내
는 일은 오죽할까. 인간의 행위와 인간이 경험하는
적막한 세계를 정교하게 각운을 살리면서 일상어
로 시적으로 표현한다는 것은 결코 짧은 시간에 이
룰 수 없는 일이다. 특히 수많은 운명의 질곡을 겪
으며 고통과 비애의 연속인 삶을 살면서도 그렇게
정교하고 위대한 시를 창작하다니 숭고하기 이를
데 없다. 처음 『신곡』을 구상하고 그 사명을 다하기

로 결심한 순간부터 창작의 고통은 시작되었고, 죽을 때까지 멈추지 않았다. 그 와중에 단테는 다른 작품들도 썼는데, 일부는 나중에 소개할 것이다.

이제 단테가 이 대작의 집필을 어떻게 시작했으며 어떤 과정을 거쳐 완성하고, 완성 후에는 또 어떤 일이 일어났는지 간단히 살펴 볼 것이다.

14. 신곡이 완성되기까지

영광스러운 시를 창작하는 데 한참 열중하고 있던 단테에게 망명이라는, 아니 추방이라고 해야 하는 불행이 닥쳤다. 이교도라면 모를까 기독교인은 결코 다루지 않던 지옥을 주제로 하여 『신곡』의 처음 일곱 곡을 완성한 후였다. 추방 명령으로 단테는 그때까지 쓴 시를 포함해 모든 것을 버리고 피렌체를 떠나야 했다. 단테는 여러 해를 친구나 타도시의 영주들에게 몸을 위탁하며 전전하는 신세가 되었고, 처음 구상했던 대작의 운명은 계획대로 결과를 일궈낼지 확신할 수 없는 상태가 되었다. 그러나 운명의 여신은 장애물을 만들어 신이 정한 것을 지연시킬 수는 있을지언정 실현되지 않도록 완전히 막을 수는 없다. 『신곡』을 완성하는 것은 신이 단테에게 정해준 일이었다. 은혜를 저버린 피렌체 시민들이 양심이 있어서라기보다는 노획물을 노리고 단테의 집에 쳐들어와 닥치는 대로 물건을 약탈해 갔다. 다행히 궤짝 몇 개는 폭도의 손에 넘어가기 전에 재빨리 안전한 곳으로 옮겨졌다. 그 후한 남자가 필요한 문서를 찾으려고 궤짝들을 뒤지다가 일곱 편의 시를 발견했다. 자신이 발견한 것이 무엇인지 모른 채 그 남자는 앉은 자리에서 시를 모두 읽어 내려갔다. 그는 감탄과 환희에 젖었고, 곧바로 당시 피렌체에서 높은 명성과 지성을 자랑하던 시인 디노 프레스코발디에게 그 시를 가져갔다. 시를 전해 준 남자 못지않게 디노는 세련되고 화려한 문체, 아름다운 시구, 그 안에 담겨 있는 심오한 의미에 감탄하지 않을 수 없었다. 시가 발견된 장소와 시의 특성을 미루어 두 사람은 그것이 단테의 작품이라고 확신했다. 그것은 『신곡』의 처음 일곱 곡이었다. 두 사람은 시의 결말이 궁금했고, 미완성의 작품으로 남아있는 것이 아깝다 못해 안타까웠다. 그들은 단테에게 시를 보내면 단테가 이 훌륭한 시작 부분과 연결 지어 처음 구상대로 결말까지 완성할 수 있으리라 기대했고, 그래서 단테의 소재를 수소문해 그곳으로 시를 보내줄 방법을 찾기 시작했다. 단테가 마르케세 모르엘로가에서 지낸다는 소식을 접한 디노는 단테에게 직접 연락하는 대신 마르케세에게 자신의 의향을 전달하는 편지와 함께 일곱 편의 시를 보냈다. 이해력이 뛰어난 마르케세는 시를 읽자마자 그 시의 높은 가치를 알아보았다. 마르케세는 단테에게 보여주면서 누구 작품인지 알겠냐고 물었고, 단테는 단번에 자신이 쓴 것임을 알아차렸다. 그렇게 숭고한 시를 앞머리에 써놓고 만족할 만한 결말이 없는 시로 그냥 방치하지 말라고 설득하는 마르케세에게 단테는 다음과 같이 말했다. "제 인생이 몰락하면서 이 시뿐만 아니라 다른 작품도 모두 그 폐허 속에 사라졌습니다. 그 상실감을 말로 다할 수 없습니다. 그것도 모자라 추방된 후에 여러 문제에 부딪치다 보니 이 시를 구상하면서 품었던 고원한 이상은 포기할 수밖에 없었습니다. 그런데 이렇게 예기치 않게 행운의 여신이 시를 돌려주시고, 공(公)께서도 저를 높이 평가해 주시니 처음 구상했던 내용을 기억해서 제게 허락된 영광이 재개될 수 있도록 노력할 겁니다." 시간이 많이 흐른 상태라 쉽지 않았지만 단테는 완전히 포기할 뻔했던 그 고귀한 생각을 다시 떠올려 시작(詩作)을 이어갔다. 제8곡은 '오래 전 일을 이어서 말하리라.'로 시작된다. 자세히 보면 이전에 쓴 시와 연결 짓는 고리 역할을 한다는 것을 알 수 있다.

이렇게 단테는 필생의 대작을 쓰는 사명을 다시 시작했다. 그러나 그 후에도 여러 차례 중단되었다. 큰 사건이 벌어지면 단테는 수개월 또는 수년 동안 펜대를 내려놓고 아무 것도 쓰지 않았다. 집필을 서두르지 않았기 때문에 죽음이 그를 덮칠 때까지 모든 작품을 세상에 공개하지는 못했다. 단테는 어디에 머물면서 집필을 하든 간에 예닐곱 곡을 완성하면 자신이 가장 존경하는 칸그란데 델라 스칼라에게 제일 먼저 원고를 보냈고, 칸그란데는 시를 읽고 나면 원하는 사람에게 보여주려고 항상 필사본을 만들었다. 죽기 전까지 단테는 마지막 13개 곡을 제외하고 『신곡』의 나머지 곡을 모두 칸그란데에게 보냈다. 마지막 13개 곡도 완성했으나 그 사실을 아무에게도 말하지 않았다. 아들과 제자들은 이 대작의 결말이 완성되었는지 확인하기 위해 수개월 동안 모든 원고를 샅샅이 몇 번이고 뒤졌지만 아무 것도 찾지 못했다. 모두들 얼마 남지 않은 끝부분을 완성할 수 있게 최소한의 시간도 단테에게 허락하지 않은 신을 원망했다. 이들은 더 찾아봤자 헛수고라고 생각하고 『신곡』의 결말 부분을 단념했다.

단테의 두 아들 야코포와 피에로도 시인이었다. 두 아들은 주변 지인들의 설득으로 자신들의 능력을 최대한 발휘해서 아버지의 작품에 결말을 추가하기로 결심했다. 아버지의 위대한 유작이 미완성작으로 남는 것을 원하지 않았다. 그러던 중, 피에로보다 진지한 성격인 야코포가 그들의 어리석고 주제넘은 생각을 무너뜨리는 꿈을 꾸게 되었다. 여러 번 찾다가 결국 포기한 마지막 13개 곡이 어디에 있는지 알려주는 꿈이었다. 단테의 제자이자 라벤나의 자랑인 피에로 지아디노의 말을 전하면 다음과 같다. 단테가 사망하고 9개월째 되는 어느 날 새벽에 야코포가 찾아왔다. 그는 하얀 옷을 입고 얼굴에 범상치 않은 빛을 띤 아버지가 방금 전 꿈에 나타났다고 말했다. 야코포는 아버지에게 살아 계시냐고 물었고, 아버지는 그렇기는 하지만 인간들이 말하는 삶이 아니라 참된 삶을 살고 있다고 답했다. 다시 아버지에게 참된 삶을 시작하기 전에 작품을 완성했는지, 만약 완성했다면 마지막 13개 곡은 어디에 있는지 물었고, "그래 완성했단다."라는 목소리가 흘러나왔다. 야코포는 아버지의 손에 이끌려 아버지가 생전에 자주 사용하던 방으로 갔다. 아버지는 벽의 한 지점을 손으로 만지며 "네가 그렇게 찾아 헤매던 것이 여기에 있구나."라고 말했다. 그 말이 끝나자마자 아버지는 연기처럼 사라지고 야코포는 잠에서 깼다. 야코포는 꿈에서 본 것을 직접 확인하고 싶어서 피에로 지아디노를 찾아왔던 것이다. 아버지의 영혼이 정말로 작품이 보관되어 있는 장소를 알려주는 것인지, 단지 환상에 불과한 것인지 확인하지 않고는 견딜 수 없었다. 피에로 지아디노와 함께 꿈속에서 본 장소로 가서 샅샅이 찾아봐야 한다고 생각했다. 날이 밝으려면 한참 남았지만 두 사람은 길을 나서 꿈에서 알려준 장소로 갔다. 벽에는 벽걸이 융단이 걸려 있었는데

융단을 천천히 걸어 올렸더니 전에 본 적도 없고 있는 줄도 몰랐던 작은 구멍 하나가 나와 있었다. 그 구멍 안에는 습기로 눅눅해진 책이 여러 권 있었다. 그 책들은 조금만 늦게 발견했더라면 곰팡이가 펴서 글씨를 알아 볼 수 없었을 것이다. 두 사람은 조심스럽게 물기를 제거하고 책을 읽기 시작했다. 그 안에는 그렇게 찾아 헤매던 『신곡』 천국편의 마지막 13개 곡이 들어 있었다. 야코포와 피에로는 주체할 수 없는 기쁨에 휩싸였다. 그들은 시를 필사하여 단테가 늘 하던 대로 칸그란데에게 먼저 보냈다. 그 다음은 미완성작으로 남을 뻔했던 단테의 대서사시에 마지막 13개 곡을 추가했다. 마침내 수년에 걸쳐 쓴 단테의 『신곡』이 완성되었다.

15. 왜 일상어로 썼을까?

현자들을 포함해 많은 사람들이 다음과 같은 의문을 제기한다. 기품과 지성을 갖추고 있었는데도 불구하고 단테는 『신곡』 같이 숭고한 주제를 다루는 위대하고 고귀한 책을 왜 피렌체 방언으로 썼을까? 다른 시인처럼 라틴어로 시를 쓰는 전례를 따르지 않은 까닭은 무엇일까? 여러 가지 이유가 있겠지만, 그 중 두 가지가 내 머릿속에 떠오른다. 첫째, 피렌체 시민뿐만 아니라 모든 이탈리아 민족에게 도움이 되기 위해서다. 다른 시인처럼 라틴어로 시를 쓴다면 그 시는 지식인들에게만 전달될 것이다. 하지만 일상에서 사용하는 언어로 쓴다면 이전에는 불가능했던 일이 가능할 것이다. 일상어로 쓰였다고 해서 지식인들이 그 시를 이해하지 못하는 것도 아니고, 오히려 일상어로 쓰인 시는 이탈리아 언어의 아름다움과 시인의 뛰어난 창작 능력을 보여줄 것이다. 더욱이 과거에 문학적으로 소외되었던 못 배운 사람들도 시를 이해하고 시를 통해 기쁨을 얻을 수 있다. 둘째 이유는 대중으로부터 외면당하지 않기 위해서다. 단테는 인문 교육이 사람들로부터 외면당하고 있다고 생각했다. 시인들이 관례적으로 시를 바치는 군주나 위인들조차도 인문 교양을 무시한 까닭에 베르길리우스의 성스러운 시와 다른 시인들의 훌륭한 작품이 경시되고 대중들로부터 외면당하고 있다고 믿었다. 처음에는 단테도 고결한 주제에 맞게 라틴어로 써야 한다고 생각해서, 다음과 같이 라틴어로 『신곡』의 시작부분을 썼다.

나는 이 세상 끝에 존재하는 세계를 노래할 것이다.
죽음의 강과 맞닿아 있는 그곳은
영혼들에게 문이 활짝 열려있고
영혼들의 공로에 따라 상벌을 주는 곳이다……

그러나 곧 글을 중단했다. 걸음마도 못 뗀 아이에게 뛰라고 하는 것과 같다는 생각이 들어서였다.

단테는 일상어를 사용하여 현대적인 감각에 맞는 문체로 새로 쓰기 시작했다.

어떤 사람들은 단테가 『신곡』을 세 편으로 나누어 이탈리아의 저명한 인물 세 명에게 한 편씩 바쳤다고 말한다. 지옥편은 토스카나에서 이름을 떨치던 당시 피사의 영주 우구치오네 델라 파지우올라에게, 연옥편은 마르케세 모르엘로 말라스피나에게, 마지막 천국편은 시칠리아의 왕 프리드리히 3세에게 바쳤다는 것이다. 또 어떤 사람들은 작품 전체를 칸그란데 델라 스칼라에게 헌정한 것이라고 주장한다. 어느 말이 맞는지 확인할 수 있는 증거는 하나도 없고 쓸모없는 추측만 난무할 뿐이다. 사실 자세히 조사해야 할 만큼 그다지 중대한 문제도 아니다.

16. 제왕론과
그 외 작품들

라틴어로 된 『제왕론』은 황제 하인리히 7세가 이
탈리아로 내려왔을 때에 맞추어 집필한 책이다.
『제왕론』은 다루고 있는 논점에 따라 3부로 나뉜
다. 제1부는 논리적 주장으로서 세계의 안녕을 위
해 제국이 필요하다고 역설한다. 제2부는 역사적
관점에서 로마가 제국이라는 명칭을 유지하는 것이
합당하다고 주장한다. 제3부는 신학적 주장으로
서 제국의 권위는 성직자와 같이 신을 대신하는 중
간자 없이 신에게서 직접 나오는 것임을 증명한다.

단테가 사망하고 몇 년 후, 교황 요한 22세의 롬
바르디아 특사였던 포제토의 벨트란도 추기경은
『제왕론』을 비난하기 시작했다. 바이에른의 루트
비히 공작이 독일 유권자들에 의해 로마의 왕으로
추대되자 교황 요한 22세의 뜻을 어기고 대관식을

■ De Monarchia.

치르기 위해 로마로 내려온 것이 발단이 되었다. 로마에 머무는 동안 루트비히는 율법을 어기고 프란치스코 수도회의 피에로 델라 코르바라 수사를 교황으로 만들었고, 많은 추기경과 주교를 임명했다. 루트비히는 새로 선출된 교황이 주관하는 대관식을 치르고 황제로 등극했다. 그러나 루트비히 황제는 여러 가지 이유로 권위에 의심을 받기 시작했다. 황제와 그의 추종자들은 자신들의 힘과 권위를 옹호하는 데 『제왕론』을 이용했다. 거의 알려지지 않았던 『제왕론』은 그로 말미암아 유명해졌다. 나중에 루트비히 황제가 독일로 돌아가고 그를 따르던 성직자와 추종세력이 몰락하여 뿔뿔이 흩어지자, 벨트란도 추기경은 기다렸다는 듯이 『제왕론』이 이단적인 내용을 담고 있다며 공개적으로 비판했고, 책을 몰수해서 소각시켰다. 벨트란도 추기경은 저자인 단테의 유골도 불 속에 던져 영원히 불명예와 수치로 기억되도록 해야 한다고 주장했다. 피렌체의 존경받는 기사 피노 델라 토사가 막지 않았더라면 벨트란도는 정말로 단테의 유골을 파냈을지도 모른다. 당시 피노 델라 토사는 볼노냐에 머물면서 오스타지오 다 폴렌타와 『제왕론』을 둘러싼 논란을 논의했고, 두 사람이 함께 벨트란 도 추기경을 설득했다.

『신곡』과 『제왕론』 외에도 단테는 두 편의 아름다 운 목가시를 지었다. 앞에서 소개된 거장 조반니 델 비르질리오의 시에 대한 답가로 헌정한 것이었다.

단테는 자신이 쓴 서정시 세 편에 대한 해설서도 피렌체 방언으로 썼다. 해설서를 처음 쓰기 시작할 때는 자신이 쓴 서정시를 모두 해설해서 책으로 펴 낼 생각이었지만, 나중에 마음이 바뀌었는지 시간 이 없어서인지 세 편에 대한 해설만 책에 담았다. 해설서의 제목은 『향연』이다. 분량은 비교적 적지 만 매우 아름답고 훌륭한 작품이다.

단테는 그 후 죽음을 바로 눈앞에 두고도 『속어 론』이라는 산문을 써서 발표했다. 라틴어로 쓰긴 했 지만, 이 책을 통해 누구든 원하기만 하면 일상에 서 사용하는 언어로 시를 쓸 수 있는 방법을 알려주 고 싶었다. 『속어론』을 처음 기획할 때는 4부로 구 성할 생각이었던 것 같다. 죽음으로 중단된 것인지 아니면 완성했는데 일부가 유실된 것인지 알 수 없지만 오늘날 2부로 구성된 책으로 남아있다.

단테는 시인으로 명성이 나있지만 라틴어로 서간 문도 많이 썼다. 그 중에서 더러 지금까지도 전해진 다. 그 밖에 따로 자세한 소개는 하지는 않겠지만 『신생』에 실린 시 외에 아름다운 서정시, 소네트, 연애시, 교화시 등 많은 시를 지었다.

사랑 때문에 깊은 한숨과 눈물이 끊이질 않은 적도 있었고, 개인적인 문제와 공적인 근심에 시 달리기도 하고, 거친 운명의 소용돌이에 휘말리기 도 했지만, 단테는 어떻게든 시를 쓸 수 있는 시간 을 확보하고 집중력을 발휘해서 위에서 언급한 작 품들을 탄생시켰다. 오늘날 자행되는 거짓말, 속임 수, 사기, 강탈, 배신에 비하면 단테의 작품은 인 간뿐만 아니라 신도 매우 만족스럽게 받아들일 만 한 것이다. 요즘 세대들은 성공, 명예, 축복이 모 두 부에서 비롯되는 것인 양, 부의 축적을 목표 로 삼고 그 목표를 이루고자 온갖 나쁜 짓을 저지 른다. 아, 어리석은 인간이여! 수명이 다한 육체에 서 영혼이 분리되고, 세속적 집착이 물거품처럼 사 라지는 것은 한 순간이다. 부의 축적이라는 목표를 이룬 사람도 모든 것을 집어 삼키는 시간의 신에 의해 순식간에 기억은 사라질 것이고, 보존되더라도 잠시 인간 스스로 부끄러움을 느낄 기회를 주려는 것뿐이다. 하지만 우리의 고귀한 시인 단테에 대한 기억은 시간이 흘러도 사라지지 않을 것이다. 칼과 창이 전쟁을 치를수록 녹슬지 않고 더욱 번쩍거리듯이, 시간의 강물에 휩쓸리고 다듬어진 단테라는 이름은 강물이 흐를수록 더욱 빛을 발할 것이다. 그러니 다른 시인의 훌륭한 작품을 혹평하거나 자신도 이해하지 못하는 것을 비난하려는 것이 아니라면, 단테를 혼자 내버려 두어도 좋으리라. 소용없는 일을 추구하며 애쓰더라도 그것이 그가 스스로 원하는 것이라면 그냥 두어도 괜찮을 것이다.

17. 어머니의
태몽에 대하여

    지금까지 위대한 시인 단테 알리기에리의 출신과 생애, 학문과 습관, 작품에 대해 간단히 살펴보았고, 은총을 베푸는 신이 허락해 준 재량에 따라 잠시 다른 흥미로운 이야기도 했다. 단테를 능가하는 훌륭한 시인이 배출될 수 있으리라 기대하지는 않지만, 단테를 깊이 이해해서 그의 이야기를 훌륭하게 풀어낼 전기 작가는 많이 나올 수 있으리라 생각한다. 내가 알기로는 단테의 이야기를 글로 펴낸 사람이 아직까지 없다. 나는 최선을 다해 이 글을 쓰고 있다. 그렇다고 단테의 전기를 더 훌륭히 쓸 수 있는 잠재력이 있는 사람들에게 이 글이 걸림돌이 되지는 않을 것이다. 어떤 식이든 내가 이 책을 쓰면서 실수를 저질렀다면 나는 진심으로 다른 사람에게 단테의 이야기를 글로 펴낼 기회를 양보할

것이다. 단테에 대한 많은 이야기를 글로 풀어냈지
만 내 할 일은 아직 끝나지 않았다. 앞에서 약속했
듯이 단테를 임신했을 때 그의 어머니가 꾼 꿈에
대해 간단히 설명하고 나서 책을 끝맺겠다.

  고상한 여인으로 명성이 나있던 단테의 어머니
는 단테를 뱃속에 품고 있을 때 꿈을 꾸었다. 꿈 속
에서 그녀는 맑은 샘 옆에 높이 서있는 월계수 나
무 밑에 앉아 있다가 그 자리에서 아들을 낳는다.
책의 초반에도 언급했듯이 태어난 아이는 잠깐 사
이에 월계수에서 떨어진 열매와 샘물을 먹고 목자
로 변한다. 목자는 머리 위에 드리워져 있는 월계
수의 잎을 간절히 탐하여 잎을 붙잡으려 손을 뻗
다가 넘어진다. 눈앞에 있던 형상은 돌연 목자에서
아름다운 공작새로 변한다. 경이로운 광경에 깜짝
놀라서 어머니는 아들의 다른 모습을 더는 보지 못
한 채 잠에서 깼다.

  천지가 창조되기 이전부터 지금까지 줄곧 신의
선(善)은 미래의 사건을 예견하고, 인간에게 은혜
를 베풀었으며, 신의 대행자인 자연을 통해 신성한
영향력 행사를 해왔다. 신은 꿈이나 징조 같은 계

시를 통해 인간에게 신은 자연의 모든 산물을 알고 있다는 사실을 일깨운다. 인간 역시 그런 계시를 통해 신이 선하다는 것을 깨닫는다. 단테의 어머니가 꾼 꿈을 자세히 살펴보면 신의 계시가 숨어 있음을 알 수 있다. 신의 계시는 어떤 사람에게 나타나는 것일까? 신의 은총을 잉태하고 신의 선하심을 눈으로 보고 따르는 자애로운 사람이 바로 그 주인공일 것이다. 신은 단테의 어머니를 선택했다. 그녀가 꾼 꿈은 신이 어떤 계시를 내리고 있는지 뚜렷이 말해준다. 우리는 신의 의도를 더 자세히 살펴야 한다. 단테의 어머니는 꿈속에서 아들을 낳고 아들의 여러 모습을 보고난 뒤에 꿈에서 깨어났다. 그러고 나서 바로 단테를 낳았다. 여기에서 단테가 태어난 장소에 높이 서있는 월계수가 무엇을 의미하는지 이해할 필요가 있다.

점성가와 많은 과학자들은 별처럼 하늘에 존재하는 것은 지상의 생명체를 생산하여 그 생명들에게 양분을 공급하고, 심지어 신의 은총이 허락한다면 환하게 길을 밝히어 그들을 인도한다고 주장한다. 생명이 태어나는 시각에 천체는 가장 높이 지평선 위로 떠오르므로 태어난 아기는 그 천체의 성질에 따라 운명이 결정된다는 것이다. 꿈속에서 단테가 태어났을 때 서있던 월계수는 단테가 태어난 시각의 천궁도를 나타내는데, 시성(詩聖)과 위대한 시의 탄생을 예언한다. 월계수 잎으로 관을 만들어 위대한 시인에게 수여하는 전통이 있으므로 월계수 나무는 시성의 탄생을 의미한다. 꿈속에서 양분을 얻기 위해 단테가 먹은 월계수 열매는 그가 태어난 시각의 천궁도와 같은 효과를 낸다. 즉, 월계수 열매는 단테에게 가장 가치 있는 자양분인 배움을 제공하는 시문학이다. 단테가 마신 맑은 샘물은 다름 아닌 윤리학과 자연 철학의 풍부한 가르침이다. 땅 속 가장 깊은 곳에 풍요로움을 감춰두었다가 물을 뿜어내는 샘처럼, 학문에서 얻은 가르침은 수많은 논증적 추론 속에 목적과 본질을 숨기고 있다가 서서히 가치를 드러낸다. 음식을 먹더라도 물을 마시지 않으면 뱃속에서 소화가 잘되지 않듯이, 지식을 습득하더라도 철학적 논증으로 뒷받침하지 않으면 지성으로 발전하지 못한다. 그러므로 맑은 샘물의 도움으로 월계수 열매가 뱃

속에서 소화되듯이, 단테가 공들여 연구한 시는 철학의 도움으로 지성으로 흡수되었다고 할 수 있다.

꿈속 아기가 일순간에 목자로 변한 것은 단테의 능력이 매우 뛰어남을 암시한다. 생명체에게 필요한 양식이나 목초를 제공하는 목자가 되었다는 것은 인간에게 무엇이 필요한지 단시간에 이해할 수 있는 위인이 된다는 뜻이다. 목자는 육체의 목자와 영혼의 목자로 나뉜다. 육체의 목자는 다시 두 부류로 나뉘는데, 하나는 우리가 흔히 말하는 목자로서 양이나 소나 그 밖의 동물의 무리를 지키는 사람이다. 다른 하나는 집안의 가장인 아버지를 가리킨다. 자녀나 하인을 비롯해 가장에게 의존하는 사람들은 그의 보살핌을 받으며 양식과 보호의 대가로 통제도 받는다. 영혼의 목자에도 두 부류가 있다. 첫째는 살아있는 영혼에게 신의 말씀을 전달하는 사람이다. 이들은 자신에게 맡겨진 나약한 영혼을 보호하고 관리하는데, 고위성직자, 전도사, 신부가 해당된다. 둘째는 말과 글을 통해 사람들에게 정신적·지적 가르침을 주는 사람이다. 이들은 다른 사람들이 쓴 글을 분석하거나 내용이 명확하지 않거나 생략된 부분을 보충 설명한다. 자신이 몸담고 있는 학문 분야에 상관없이 일반적으로 박사라 불리며, 단테는 바로 여기에 속한다. 다른 작품은 제쳐두고라도 『신곡』을 본다면 단테가 박사로 불리는 목자임을 알 수 있다. 『신곡』의 원전은 그 자체로서 남녀노소 모두에게 아름다움과 감미로움을 제공하고, 그 원전에 숨어 있는 심오한 의미는 높은 지성을 지닌 사람들에게 충족감과 생명력을 제공한다. 앞에서도 설명했듯이, 단테가 월계수 나뭇잎을 잡으려고 하는 모습은 월계관에 대한 강한 열망을 상징한다. 단테는 자신이 스스로 이룬 결실의 증거로서 월계관을 절실히 원했다. 목자의 모습을 한 단테가 월계수 잎을 붙잡으려고 필사적으로 애쓰다가 나무 아래 바닥으로 떨어지는데, 떨어진다는 것은 누구에게나 일어나는 죽음을 의미한다. 앞의 내용을 다시 떠올려보라. 계관시인이 되기를 가장 간절히 바라던 순간에 단테는 죽음을 맞이했다.

땅바닥으로 떨어졌다 일어서면서 목자에서 변한 공작새는 단테가 후세에게 남기는 소산을 상징한다. 다른 작품도 그의 소산이지만, 특히 『신곡』은 생생히 살아있는 자손이나 다를 바 없다. 『신곡』과 공작새의 특징을 나란히 살펴보면 왜 작품을 공작새에 비유되는지 알 수 있다. 공작새에게는 주목할 만한 특징 네 가지가 있다. 첫째, 천사의 날개처럼 생긴 깃털에는 백 개의 눈이 달려 있다. 둘째, 보기 흉한 발이 달렸지만 사뿐히 걷는다. 셋째, 울음소리가 굉장히 고약하고 끔찍하다. 넷째, 몸에서 향기가 나며 살이 썩지 않는다. 『신곡』은 공작새의 이 네 가지 특징에 비유되는 뚜렷한 특징을 가지고 있다. 위에서 나열한 순서를 무시하고 편의상 마지막 특징부터 설명하겠다.

내용이 도덕적이라고 생각하든 신학적이라고 평가하든 우리가 좋아하는 『신곡』의 대목들은 모두 그 자체로서 불변의 진리이다. 부패하여 사라지지 않음은 물론이고 자세히 읽을수록 더욱 진한 불멸의 향기를 발산한다. 시간과 공간이 허락된다면 그런 대목을 어렵지 않게 찾을 수 있지만 별도로 제시하지는 않겠다. 작품을 이해할 수 있는 독자라면 직접 찾아보아도 좋으리라. 그 다음 특징은 공작새의 몸을 덮고 있는 깃털과 관련된 것이다. 공작새의 깃털은 천사의 날개처럼 생겼다고 할 수 있다. 사람들은 천사가 하늘을 날 수 있다고 자주 말하며, 나 역시 그렇다고 생각한다. 천사에게 깃털이 달렸는지, 그 비슷한 구조가 있는지 모르겠지만 하늘을 나는 천사에게는 분명 날개가 있을 것이다. 천사는 공작새보다 훨씬 고결한 존재이므로 천사의 날개를 공작새의 깃털에 비유하기보다 공작새의 깃털을 천사의 날개에 빗대어 표현하는 것이 옳을 것이다. 공작새의 몸을 덮는 깃털은 단테의 정교하고 아름다운 서술과 같다. 『신곡』을 찬찬히 읽어보면 서술적 정교함과 아름다움을 뚜렷이 느낄 수 있다. 시의 서술자인 단테는 지옥의 골짜기로 떨어진 사람들이 처한 다양한 상황을 목격하고, 연옥의 산에서는 죄를 씻고 천국으로 가고 싶어 하는 사람들의 울부짖음과 비탄의 소리를 듣는다. 천국에서는 축복받은 사람들이 형언할 수 없는 영광을 누리는 것을 지켜본다. 지옥, 연옥, 천국 각각의 특징과 이 세 곳을 여정하면서 보고 들은 모든 장면이 아주 정교하고 아름답게 기술되어 있어서 『신곡』은 그야말로 인간이 상상할 수 있는 가장 아름다운 묘사이며 전무후무한 대작이다. 이 대서사시는 백 개의 곡으로 구성되어 있다. 공작새의 꼬리 깃털에 그려진 눈도 백 개라고 한다. 눈이 물체의 색과 모양을 뚜렷이 구별하듯이, 『신곡』의 곡들은 적절한 주제를 분별해서 노래하고 있다. 그러므로 백 개의 곡은 공작새의 깃털과 같고, 결론적으로 우리의 공작새인 『신곡』은 천사의 날개 같은 깃털로 뒤덮여 있다고 할 수 있다.

셋째로 공작새의 못생긴 발과 조용한 걸음걸이에 상응하는 특징을 살펴보자. 공작새의 두 발이 몸 전체를 떠받치고 있듯이 문학에서는 서술 방식이 작품 전체를 지탱한다. 『신곡』의 글 마디마디를 지탱해주는 이탈리아 일상어는 현대적인 기호에 더 어울리지만 다른 시인들의 품격 있고 훌륭한 문학 양식에 비하면 공작새의 발처럼 조악하기 그지없다. 그러나 희극의 원뜻을 이해하는 사람이라면 희극에는 비천한 문체가 필요하다는 것을 알 것이다. 단테의 조용한 걸음걸이란 이렇게 스스로를 낮춘 문체를 뜻한다.

마지막으로 공작새의 끔찍한 울음소리에 비유되는 특징을 살펴보자. 단테가 창작한 시어는 표면적으로 사람의 기분을 좋게 하지만, 실제로 그 안에 들어있는 주제는 공작새가 내는 소리만큼 무시무시하다. 냉혹한 시적 상상력으로 살아있는 사람과 죽은 사람 모두에게 잘못을 질책하고 호통 치는 무서운 목소리를 지닌 사람이 단테말고 누가 또 있으랴? 죄를 저지른 사람에게 죄를 처단하는 목소리보다 두려운 것은 없을 것이다. 단테는 시적 이미지를 이용해 착한 사람도 두려움에 떨고, 악한 사람도 슬픔을 느끼게 한다. 그러니 단테의 목소리는 무시무시하다고 할 수밖에 없다. 지금까지 살펴본 이런 저런 이유로, 신이 영감을 통해 단테의 사랑스런 어머니에게 꿈으로 계시를 내렸듯이 살아서 목자였던 단테는 죽어서 공작새로 다시 태어난 것이다.

단테의 어머니가 꾼 꿈을 내 나름대로 해설하기는 했지만 이것은 피상적인 설명에 지나지 않는다. 더 깊이 다루지 않은 이유는 첫째, 나는 꿈을 해석할 만한 능력을 가지고 있지 않기 때문이다. 둘째,

그런 능력이 있더라도 꿈을 해석하는 것은 이 책의 주제와 어울리지 않는다. 셋째, 내게 능력도 있고 이 책에서 허용한다 할지라도 나보다 능력과 열정이 뛰어난 사람이 더 자세히 해석할 수 있는 여지를 남겨 둘 필요가 있다. 이로서 나는 단테에 대해 충분히 많은 이야기를 했다. 부족한 부분은 무엇이든 간에 앞으로 누군가 채우도록 그대로 남겨 두겠다.

　내 작은 돛단배는 반대편 해안을 떠나며 뱃머리를 향했던 항구에 이제 막 도착했다. 바다는 고요하고 깊지 않았으며 항해는 길지 않았지만, 안전하게 목적지에 도달할 수 있도록 배에 순풍을 불어주신 신께 감사드린다. 신의 이름과 존귀함을 영원히 찬양하며, 겸허히 온 마음과 애정을 담아 내가 드릴 수 있는 모든 감사의 기도를 올린다.

—END—